Norbert Scheuer · Am Grund des Universums

Norbert Scheuer · Am Grund des Universums

Roman

C.H.Beck

Der Autor dankt der Kunststiftung NRW
für die freundliche Unterstützung

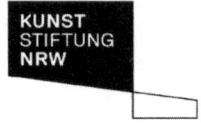

© Verlag C.H.Beck oHG, München 2017
Satz: Fotosatz Amann, Memmingen
Druck und Bindung: Pustet, Regensburg
Umschlaggestaltung: Nach einem Konzept von Kempker
Kommunikationsdesign
Umschlagabbildung: vorne © Svetlana Chistyakova, Shutterstock;
hinten © Elvira Scheuer
Gedruckt auf alterungsbeständigem, säurefreiem Papier
(hergestellt aus chlorfrei gebleichtem Zellstoff)
Printed in Germany
ISBN 978 3 406 71179 4

www.chbeck.de

Glücklich, wem es gelang,
das Wissen des Alls zu ergründen
Und der jegliche Angst und das
unbarmherzige Schicksal
Unter die Füße sich warf und
des gierigen Acheron Toben!

Vergil, Georgica II

Sein und Nicht-Sein sind eins im Ursprung
und unterscheiden sich nur im Namen.
Jedes für sich ist ein unfassbares Geheimnis.

Laozi, Daodejing, Vers 1

Für Elvira

Staudämme dienen unter anderem dem Hochwasserschutz. Sie haben zumeist einen trapezförmigen Querschnitt. Die geneigte, seeabgewandte Fläche des Damms bezeichnet man als *Böschung*. Die Oberseite wird *Dammkrone* genannt. Auf ihr können sich eine Promenade oder ein Betriebsgebäude befinden. Der ganze Staudamm ist auf eine *Dammsohle* gebaut, die seeseitig in den Grund des anzustauenden Gewässers übergeht.

I

Böschung

II

Dammkrone

III

Dammsohle

Lünebachs Reise

Der Betriebselektriker Lünebach hatte lange Zeit im Lafarge Zementwerk alle technischen Anlagen gewartet, arbeitete danach einige Jahre auf Montage, bis er, schwer erkrankt und von seltsamen Ideen besessen, nach Kall zurückkehrte. Er musste in Frührente gehen und begann auf dem verwahrlosten Siedlungshof seiner inzwischen verstorbenen Eltern mit der Konstruktion und dem Bau eines Raumschiffs, das, alle technischen Ausfälle überstehend, bis zum Ende des Universums fliegen sollte. Gefunden hatte Lünebach seine Raumkapsel in einem stillgelegten Steinbruch am Dorfrand von Keldenich; es war ein rostiger zylindrischer Bunker, in dem die Arbeiter während der Sprengungen Schutz vor Steinschlag gesucht hatten. Lünebach hatte mit einem Schneidbrenner zwei Löcher als Bullaugen in den Eisenmantel geschnitten, verkleidete ihn mit hitzebeständigen Kacheln, die als Schutzschild beim Eintritt in die Lichtjahre entfernten Atmosphären dienen sollten. Jahrelang hatte er in der Scheune an seinem Fluggerät gearbeitet, es schließlich mit einem Hubwagen in den Hof bugsiert und mühsam auf ein Triebwerk montiert, dessen rätselhafte Antriebsenergie ihn in eine Welt außerhalb von Raum und Zeit bringen sollte. Der Start erfolgte, so erzählen die Grauköpfe, vor Jahrzehnten in einer sternklaren Sommernacht auf der Anhöhe in der Nähe des Stausees. Bekritzelte Zettel, die er damals aus einem Bullauge geworfen hatte, beschrieben die Felder und Wiesen des Urftlandes, das Bergschadensgebiet, den Stausee, die Bahnlinie und einen

Regionalzug, der aus Köln kam und bald in Kall halten würde. Lünebach sah eine junge Frau am Bahnhof auf die Ankunft des Zugs warten, der noch am Fluss entlangfuhr. Das Tal verengt sich kurz vor Kall, sodass sich die Gleise dicht neben Urft und Landstraße drängen. An die Sandsteinfelsen krallen sich Kiefern und Erlen, deren Zweige bis zur Flussmitte reichen. Aus den Bullaugen der Raumkapsel erblickte Lünebach Myriaden funkelnder Sterne, die über dem Stausee schwebten. Je höher er stieg, umso mehr erschienen ihm das Urftland und der See als Universum, das zu erkunden vielleicht ebenso reizvoll gewesen wäre wie Lichtjahre entfernte Welten. Durch eine Art Raum-Zeit-Krümmung konnte er den See zugleich in Gegenwart, Vergangenheit und Zukunft wahrnehmen. Seinen Berechnungen zufolge würde er am Ende seiner Reise im Stausee landen. Er erkannte eine Frau mit Pelzmütze und einem kurzen Mäntelchen, die auf dem zugefrorenen See elegante Pirouetten drehte, während ihr Begleiter, der nicht ihr Verlobter war, sich ungeschickt anstellte und immer wieder auf dem Hosenboden landete. Bergleute, die in den Bergwerksstollen unter dem Urftland gearbeitet hatten, wuschen sich am Fluss Dreck und Schweiß aus den Gesichtern. Ein Mädchen trug Zeitungen aus, ihr Bruder paddelte in einem Faltboot den Fluss hinunter bis zum Meer und saß doch gleichzeitig in ihrem Bollerwagen. Und er beobachtete seine alten Kumpane, die Grauköpfe, in der Cafeteria des Supermarkts, hörte zu, wie sie sich Geschichten erzählten und über den Stausee spekulierten, der ausgetrocknet und eine öde Wüste geworden war. Lünebach entfernte sich rasend schnell von seiner Heimat, während er jedes Detail seines Zuhauses deutlich wie durch ein Teleskop wahrzunehmen glaubte. *Selbst große Städte erscheinen winzig, und die Menschen sind zu lächerlichen Mikroben geworden* kritzelte er auf einen der vielen Zettel, die er als Bulletins seiner Reise nach draußen warf. Vom Cockpit aus, auf einem ausrangierten Zahnarztstuhl liegend, sah er auf unbekannte Galaxien, reiste durch endlose Nebelschleier fremder, weit entfernter Milchstraßen hin zu verglühenden Planeten und erblickte die Schönheit erlöschender und neu entstehender Welten. Auf einem der Zettel stand, er werde eines fernen Tages zurückkehren.

Spätsommer 2014: Zurück aus Brasilien

Bevor der Regionalzug das Urftland und den Kaller Bahnhof erreichte, fuhr er durch die Sandhalden des Bergschadensgebiets, wo nach den Erzählungen der Grauköpfe in einem der alten Bleibergstollen noch immer Strohwangs Silberschatz versteckt liegen soll. Grauköpfe, so hatte Nina in ihren Briefen an Paul die alten Männer genannt, die täglich ins Supermarktcafé kamen. Sie schrieb, bei den Alten wüchsen nur noch Nasen und Ohren, alles andere schrumpfe stetig, vor allen Dingen ihr Verstand. Paul hatte lächeln müssen. Ihre Beschreibung erinnerte ihn an eine exotische Papageienart mit flauschigem Ohrgefieder und Knopfaugen, der er den Namen *Psittacus erithacus* gab. Seit er vor einem Jahr zu Feldforschungen nach Brasilien aufgebrochen war, hatte Paul Nina nicht mehr gesehen. Im Regenwald hatte er die Stimmen von Kolibris aufgenommen, um herauszufinden, wie sie ihre Gesänge erlernen. Anders als bei den meisten anderen Vogelarten sind die Laute des Kolibris kein instinktives, sondern ein erlerntes Verhalten. Auf Brasilien leben Kolibris, die Flügel- oder Schweifgeräusche einsetzen, und es gibt Arten, deren Männchen die Weibchen mit ausgefeilten melodischen Liedern in einem regelrechten Gesangswettbewerb bezirzen. Seit dem Wintersemester 2013/14 arbeitete Paul als Biologe an der Albertus-Magnus-Universität zu Köln. Im vergangenen Jahr war ihm klar geworden, dass ihm Nina sehr viel bedeutete.

Sophia Molitor war inzwischen gestorben. Die alte Dame hatte ihm ihre Bibliothek vermacht, ihre philosophischen und chinesischen Schriften, einige antiquarische Schätze, kostbare Einzelausgaben seltener taoistischer Schriftstücke, außerdem ihre Übersetzungen des *Daodejing* und ihre Kommentare zu den Versen dieses rätselhaften Werkes, die sie in Form von Briefen verfasst hatte; auch Ninas Hefte waren darunter. Sophias Bücherkisten hatte er in seiner Wohnung vorgefunden, als er aus Brasilien zurückgekehrt war. Sofort hatte er mit Nina telefoniert. Am ersten vorlesungsfreien Nachmittag war er in den Regionalzug nach Kall gestiegen. Es war ein schöner Herbsttag, das Ende der großen Hitze, Chǔshǔ (處暑 / 处暑). Sophia Molitor hatte das Jahr nach dem chinesischen Kalender in vierundzwanzig Mondphasen eingeteilt, die so poetische Namen trugen wie die Zeit der Klarheit und des hellen Lichts (清明, Qīngmíng), Sommerankunft (夏至, Xiàzhì) und Zeit des fallenden Reifs (霜降, Shuāngjiàng). Auch Nina hatte diese Zeitangaben in ihren Heften benutzt. Paul fragte sich beunruhigt, was sie ihm denn so Wichtiges sagen wollte, jetzt, nach Sophias Tod. Er saß am Zugfenster, eingezwängt zwischen Studenten und Pendlern, die von der Arbeit nach Hause fuhren; er blickte gegen die Fahrtrichtung und dachte daran, dass die Menschen im antiken Griechenland angenommen hatten, den Hades rückwärts betreten zu müssen. Vor ihnen lag nur noch ihre Vergangenheit. Der Zug fuhr durchs Land, an kleinen Gehöften, Reitställen und an einem Schrottplatz vorbei. Paul glaubte, dort Lünebachs ausgeschlachtete Raumkapsel zu sehen, sie lag inmitten aufeinandergestapelter Autowracks. Ein roter Ascona erinnerte ihn an das Supermarktcafé, an die Grauköpfe und die Gäste, die dort aus und ein gingen, an die Zeit, in der er mit Nina in Kall zusammengelebt hatte. Paul erinnerte sich, wie er mit ihr am Stausee gewesen war, wie er, damals noch im Rollstuhl, zugesehen hatte, wie sie durch den See bis ans andere Ufer geschwommen war. Der Zug fuhr weiter in die Eifel hinein, an der Mülldeponie vorbei, verschwand vor Kall im Stiftsbergtunnel, ließ Billigläden, Autowerkstätten, Handwerksbetriebe und ein großes Möbelzentrum zurück und glitt schließlich auf dem höher gelegenen Bahndamm langsam ins Städtchen hinein. Paul erblickte Antonios Pizzeria, in der früher Delamots Friseursalon gewesen war. Man erzählte sich, im Kellergewölbe unter dem ehemaligen Geschäft ruhe Delamot inmitten der Haare seiner Kunden wie eine Raupe in ihrem Kokon. Während sich der Zug dem Zentrum Kalls näherte, dachte Paul an all das, was Nina ihm im letzten Jahr geschrieben hatte. Es schien sich nichts wesentlich verändert zu haben. Die Fassade von Antonios Pizzeria schmückte nach wie vor das großflächige Mosaik Italiens – Antonios Heimatdorf lag am Stiefelspann, in der Nähe einer kleinen Bucht aus Glitzersteinchen. In der Fußgängerzone am Stiftsberg, wo Sophia Molitor fast ihr ganzes Leben gewohnt hatte, verstaubten in den großen Schaufenstern der Geschäftshäuser längst aus der Mode gekommene Auslagen, in denen noch Kurzwaren, Häkelarbeiten sowie Hüte mit Pfauen- und Fasanenfedern drapiert waren. An den Hang, der zum Fluss hin steil abfiel, schmiegten sich einige Gründerzeitvillen, die das Bombardement gegen Kriegsende ohne große Blessuren überstanden hatten; ihre Fassaden waren kunstvoll verziert, aber im Inneren verrotteten die Häuser.

18

Die alten Männer wussten noch, wie schön Kall einst gewesen war. Sie erzählten oft, wie man durch die belebten Einkaufsstraßen flaniert sei, dass Gäste von weit her im prächtigen Kaiser-Pavillon am Stiftsberg getanzt und gespeist, von der Hotelterrasse bei Kaffee und Kuchen zum Urfttal hinuntergeblickt hätten, zu den Auenwiesen, zu Zehners Futtermühle, den Silotürmen, zu den alten Schwarzerlen am Flussufer. Sie behaupteten, Kall sei einst das Zentrum des Urftlandes gewesen, die kleine Hauptstadt einer verlassenen Gegend mit Seen, mäandernden Flüssen, Wäldern und Dörfern, die nun aber mitsamt den Bewohnern gefangen wären wie Fliegen im staubigen Spinnweb eines Gerümpelschuppens. Paul sah vom Zugfenster aus in Hinterhöfe, auf Brennholzstapel, Ziegelsteinhaufen, gesprungene Toilettenschüsseln, Elektroschrott, Graffiti, überquellende Mülltonnen, er sah Li Zhans Restaurant, wo man Schweinefleisch in süßsaurer Soße, gebackene Bananen, gebratene Heuschrecken und glitschige Litschis serviert bekam. Als er zum ersten Mal mit Nina dort gegessen hatte, war ihr mitten in der Nacht übel geworden. Er stellte sich vor, wie Nina in diesem Moment über den Parkplatz zum Bahnhof lief. Seit einem Jahr trug sie keine Zeitungen mehr aus, sondern arbeitete mit Otti hinter der Bäckereitheke des Supermarkts. Als der Zug über die Straßenüberführung am Kreisverkehr ratterte, sich dem Bahnhof näherte, stand Paul ungeduldig auf und ging mit seinem Rucksack zum Ausstieg. Wenn er längere Zeit gesessen hatte, verspürte er beim Aufstehen und während der ersten Schritte noch leichte Schmerzen, aber irgendwann, so hoffte er, würden auch sie verschwinden.

I

Böschung

Anfang 2006

Als Paul im Frühjahr 2006, zur Zeit des Erwachens der Insekten und bunt flatternden Schmetterlinge (春分, Chūnfēn), schwer verletzt und an den Rollstuhl gefesselt, aus Afghanistan nach Kall zurückkehrte, war Nina Plission sechzehn Jahre alt. Sie galt als sonderbar, schon wegen ihrer bronzefarbenen Haut und der krausen Haare. Mit vierzehn war sie ohne Abschluss von der Hauptschule abgegangen und trug seither Zeitungen in Kall aus. Ihre Großeltern, die sie adoptiert und aufgezogen hatten, waren vor einigen Jahren gestorben. Das Haus der Großeltern gehörte mittlerweile der Gemeinde, die Nina allerdings weiterhin in ihrem alten Mansardenzimmer wohnen ließ. Eine Frau vom Sozialamt hatte Ninas Vormundschaft übernommen, kümmerte sich um sie, achtete darauf, dass sie keine Dummheiten anstellte. Paul konnte sich zunächst nicht an das Mädchen erinnern, was vielleicht mit seinen Kopfverletzungen zusammenhing, viele Dinge waren ihm damals entfallen und kamen erst allmählich wieder zurück. Er saß in jener Zeit hin und wieder im Supermarktcafé. Dort war Nina ihm begegnet und tat so, als seien sie schon immer Freunde gewesen. Sie begann ein Gespräch und erzählte von ihrem Bruder Gregor. Während sie redete, erinnerte er sich wieder dunkel an ihren Bruder, an sie und ihre Familie. Ninas Großeltern gehörte der Eisen- und Werkzeugladen an der Sötenicher Straße, in dem sein Vater für den Bau ihres Hauses Material gekauft hatte. Er selbst war sogar mehrmals im Hof hinter dem Geschäft gewesen, der an die Sandsteinfelsen grenzte, und hatte von dort aus die in der Eifel selten gewordenen Uferschwalben beobachtet, die in den Felswänden ihre Bruthöhlen hatten. Darius, Ninas Großvater, hatte in seinem Laden alles, was man als Handwerker benötigte: Schrauben jeder Art und Größe, Dübel, Ofenrohre, Befestigungsschellen, Werkzeuge, Bleche und vieles mehr. Als im Industriegebiet ein großer Baumarkt eröffnet worden war, kauften die Leute jedoch höchstens noch einzelne Schrauben oder ein Stück Blech bei ihm. Darius begann, gemeinsam mit seiner Frau Zeitungen auszutragen, um irgendwie über die Runden zu kommen. Morgens um zwei Uhr standen sie auf, holten Rundschau und Stadtanzeiger am Depot beim Tabakladen ab, sortierten die Zeitungspacken nach Straßen und Hausnummern, legten sie auf den Bollerwagen und zogen los. Jeden Morgen die Gemünder Straße, die Kleinkölner, die Hüttenstraße entlang, zum Industriegebiet, den steilen Stiftsberg hinauf, egal, ob es regnete oder schneite. Paul hatte manchmal, wenn er frühmorgens wach lag, den Wagen über die Pflastersteine ihrer Hofeinfahrt rollen gehört, hatte genau mitbekommen, wie Darius die Zeitung in ihren Briefkasten steckte. Sobald die kleine Nina laufen konnte, hatte sie die Großeltern beim Austragen der Zeitungen begleitet. Im Café erzählte sie Paul, ihr Vater sei der erstgeborene Sohn des Königs eines großen Südseestamms und ihr verschwundener Bruder Gregor würde mit einem Faltboot den Atlantik überqueren, um nach ihrem Vater und ihrer Mutter zu suchen. Schon als kleines Mädchen hatte sie ihm stolz von ihrem Bruder erzählt, der angeblich bei Hochwasser den Fluss hinuntergepaddelt war. Er wollte im alten Klepper-Faltboot von Darius bis zum Meer fahren, glaubte, seine Mutter unterhalte auf einem Kreuzfahrtschiff wohlhabende Reisende mit ihrer Musik, weil Darius ihnen solche Geschichten erzählt hatte. Nachdem das Hochwasser zurückgegangen war, hatte man wochenlang nach Gregor gesucht, ohne ihn zu finden; schließlich nahm man an, er sei ertrunken. Während Pauls Zeit bei der Bundeswehr war Nina noch ein kleines Mädchen gewesen, nun war sie lang und dürr, ihr Gesicht übersät mit Pickeln. Morgens, nachdem sie die Zeitungen ausgetragen hatte, schlief sie oft am Cafétisch ein. Den Kopf auf ihre Arme gelegt, träumte sie, ihr Bruder steuere sein Boot über die Flüsse und Kanäle bis zur Donau und zum Schwarzen Meer und paddele an den Küsten der Türkei, Griechenlands, Italiens, Frankreichs, Spaniens bis zur Atlantikküste, zum Kap Finisterre. Nina erzählte Paul, in den Jahren, die ihr Bruder nun schon unterwegs sei, habe er als Schweißer auf einer Werft gearbeitet, als Kellner in einer Bar, zuletzt in einer Konservenfabrik am Band. Vor Kurzem sei er vierundzwanzig Jahre alt geworden. «Ungefähr so alt wie du, Paul», sagte Nina. Sie schwärmte von Gregor; er sei ein großer, kräftiger Mann, von der Idee besessen, mit seinem Faltboot allein den Atlantik zu überqueren, von Punta del Roque auf den Kanarischen Inseln zum Cap Haïtien. Zurzeit arbeite er noch in Las Palmas in einer Fischfabrik und bereite sich intensiv auf sein Abenteuer vor, bestimmt habe er dort ein schönes Mädchen kennengelernt. Er verdiene Geld für ein schlankes, seetüchtiges Boot mit Treibsegeln und genügend Stauraum für Wasservorräte und Proviant, wie Konservendosen mit Gemüse, Thunfisch und Fruchtsalat. In einem billigen Hotelzimmer in der Hafenstadt plane er seine Reise, gehe eine Liste mit Erledigungen durch, lege seine genaue Route fest, kaufe noch Bier, Schokolade, Müsliriegel und evaporierte Milch. Seine Reise würde ihn Tausende Kilometer über den Ozean führen. Sie fantasierte von glitzernden Wellen, von Unterwasservulkanen, deren Lava glühend über den Meeresboden fließt, von der gelben Sargassosee, vom Auftauchen der Blauwale, ihren gewaltigen schwarz glänzenden Rücken, ihren riesigen Schwanzflossen und kleinen gutmütigen Augen. Sie träumte von fliegenden Fischen, von Stürmen, die das Meer aufwühlen, Stürmen, in denen er mit seinem kleinen Boot hilflos und verloren trieb, von der unendlichen Stille auf dem Meer, das den ganzen Himmel am endlosen Rand unserer Welt spiegelte. Sie war überzeugt, Gregor laufe nach der Arbeit in der Fischfabrik am Strand entlang und blicke von der Mole aufs Meer hinaus, wo die Sonne hinter dem Horizont versank. Nachts in der Herberge auf einer durchgelegenen Matratze liegend beschäftige er sich mit Nautik und dem Überleben auf hoher See, lese Bücher von Hannes Lindemann und Alain Bombard und erlerne Fremdsprachen – überhaupt sei ihr Bruder sehr klug, nicht so dumm wie sie. Bald würde er alles Notwendige zusammenhaben und in seinem neuen Boot verstauen. Wahrscheinlich reiche der Stauraum nicht, denn das Boot sei gerade so groß, dass er selbst ausreichend Platz darin finde. Während der Reise sammele er Regenwasser und fange Fische und ernähre sich zum größten Teil davon.

Jeden Morgen treffen sich die Grauköpfe gegen zehn Uhr in der Cafeteria des Supermarkts am Bahnhof, um Domino zu spielen, den neuesten Klatsch auszutauschen und dabei die Nachrichten auf n-tv zu schauen. Neben den Fußballergebnissen vom Samstag und den Champions-League-Spielen am Dienstag und Mittwoch handeln sie auch politische Themen ab. Hier sitzen sie wie in ihren Wohnzimmern. In Kall gibt es wenige Orte, an denen man jemanden treffen kann, im Sommer vielleicht noch die Cortina-Eisdiele am Kreisverkehr gegenüber der Sparkasse, eventuell das Restaurant des Sportklubs außerhalb von Kall oder die Gaststätte von Evros in der Bahnhofstraße. Die alten Männer ziehen jedoch seit einigen Jahren das Café allen anderen Treffpunkten vor. Wegen der Medikamente, die sie nehmen müssen, vertragen sie keinen Alkohol mehr und gehen daher nur noch selten zu Evros. Wenn sie morgens kommen, fragen sie einander zunächst, ob sie auch ihre Pillen genommen hätten. Ihr Treffpunkt sieht aus wie ein Starbucks-Café, mit Sesseln, Tischchen und einem Flachbildschirm, auf dem den ganzen Tag über die stumm geschalteten Nachrichten ihre Welt erreichen. Schräg gegenüber der Bäckereitheke, im großen Vorraum vor den Kassen, befindet sich Mehmets Imbiss. Man bekommt daher neben Kaffee und Kuchen auch Schwarztee, Hammelfleisch und andere türkische Speisen. Wenn sich morgens der Grillspieß zu drehen beginnt, hieven sich die Alten schwerfällig aus ihren Autos, inspizieren den Lack, streicheln liebevoll über die Kotflügel, bevor sie den Einkaufsmarkt betreten. Ihre Wagen stellen sie immer vorsorglich in Sichtweite ab, weil sie befürchten, jemand könne beim Ausparken ihr Gefährt beschädigen und sich aus dem Staub machen. Die alten Männer tragen Cordhosen, karierte Kurzarmhemden, Strickjacken, Kappen mit dem Emblem des Kaller FC oder der Firma, bei der sie früher gearbeitet haben. Die meisten sind ihr ganzes Arbeitsleben bei einer einzigen Firma angestellt gewesen, entweder im Fertigbetonwerk von Milz, dem schon seit einigen Jahren geschlossenen Lafarge Zementwerk oder bei der Gemeinde. Seit sie in Rente sind, arbeiten sie zu Hause im Garten, besuchen die Spiele ihres Fußballvereins oder sitzen hier, um den Problemen und wichtigen Angelegenheiten ihrer Welt auf den Grund zu gehen. Wenn sie an der Theke vorbeikommen, bestellen sie bei Otti einen Cappuccino oder einen koffeinfreien Kaffee und schlurfen dann zu ihrem Stammtisch unter dem großen Wandspiegel mit dem goldfarbenen barocken Rahmen. Von hier aus haben sie die Kassiererinnen im Blick, die Kunden, überhaupt jeden, der den Laden betritt oder verlässt. Die Grauköpfe sind eine fünf- bis zehnköpfige Hydra, der nichts entgeht, die immer dort ist, wo in Kall und Umgebung gerade etwas abgerissen oder gebaut wird, sie wissen über alles Bescheid. In letzter Zeit halten sie sich oft am Staudamm auf und begutachten, wie die alte Staumauer vermessen wird. Es werden Berechnungen angestellt, wie man sie verstärken und den See vergrößern kann. Im Gemeindeamt ist anhand eines Modells bereits ein erster Eindruck davon zu gewinnen, wie der kleine See nach dem Bau der neuen Mauer aussehen wird. Caspary und Raimund Molitor wurden im Rathaus gesehen, und die Alten spekulieren über das Staudamm-Projekt der beiden. Caspary will schon seit längerer Zeit zusammen mit Sophias Sohn Raimund einen Ferienpark errichten. Raimund Molitor ist als stellvertretender Sparkassendirektor für die Finanzierung zuständig, Caspary hat die Bauleitung übernommen. Die Alten scheinen ein magisches Zentrum zu sein, in dem alle Informationen aus dem Urftland zusammenfließen. Einer von ihnen ist immer zugegen und berichtet, wenn etwas Interessantes in der Gegend passiert ist. Ihnen scheint die göttliche Gabe der Bilokalität eigen, wie sie einst die keltischen Zauberer im Urftland besessen haben. Als Ninas Großvater Darius noch lebte, saß das kleine Mädchen oft auf seinem Schoß und hörte den Geschichten der Alten zu, ohne sie richtig zu verstehen. Schon damals haben sie von Strohwangs Schatz erzählt, den vielen Bergwerksstollen unter dem Urftland, von Lünebach und seinem Raumschiff, von Menschen, die nach Kall und ins Urftland gezogen waren, sich niedergelassen oder es, wie Ninas Bruder, für immer verlassen haben. Nina stellt sich vor, dass die Alten ihre Geschichten nachts träumen, dass sie ihnen aber doch realer erscheinen als die Wirklichkeit. Sie erzählen und erzählen, Haare sprießen dabei wie Pinselquasten aus ihren Nasen und Ohren, meist sind sie unrasiert und riechen nach Alter. Ihre Frauen sind bereits gestorben, sie leben allein und haben niemanden mehr, der sich um sie kümmert.

Der Stausee lag in nordwestlicher Richtung, ungefähr dreieinhalb Kilometer von Kall entfernt am Rande des Bergschadensgebiets. Er war Ende des 19. Jahrhunderts durch ein Senkloch entstanden. Große Teile der unterirdischen Hohlräume und Hallen, die sich binnen eines Monats mit Wasser aus der Urft und einer Vielzahl von kleinen Bächen gefüllt hatten, waren eingestürzt. Der See in der Größe von drei Fußballfeldern hatte die Form einer Birnenhälfte, wobei sich am Birnenstiel der Zulauf der Urft befand, ein sumpfiges, mit hohem Schilf bewachsenes Gelände, wo Rohrdommeln, Haubentaucher und andere Vogelarten brüteten. Ins Schilf führte ein Steg, auf dem Paul Arimond, bevor er nach Afghanistan gegangen war, oft gesessen hatte, um Vögel zu beobachten. Nina war manchmal vorbeigekommen; er hatte ihr von Uferschwalben und Kormoranen erzählt und sie durch sein Fernglas blicken lassen, zeigte ihr einen Kormoran mit schwarz-weißem Gefieder, eine Laune der Natur, die Paul als Leuzismus bezeichnet hatte. Damals hatte sich Nina schon in ihn verliebt. Seit Paul schwer verletzt zurückgekommen war, benahm er sich seltsam und wirkte verschlossen; dennoch fühlte sie sich zu ihm hingezogen, auch wenn er sich meist ablehnend verhielt. Er fuhr oft in seinem Rollstuhl die Landstraße entlang zum Stausee, wo er vom Steg aus seine Vögel beobachtete. Manchmal wurde er plötzlich ohnmächtig, sein Kopf fiel dann zur Seite, und Speichel lief aus seinem Mundwinkel. Wenn er wieder zu Bewusstsein gekommen war, erkannte er niemanden und erinnerte sich an nichts. Obwohl Stunden vergangen sein konnten, kam es ihm vor, als habe er gerade erst die Augen geschlossen. Vom Steg blickte er auf den See und sah, wie sich ein Vogelschwarm im Glitzern dicht über dem Wasser auflöste; in diesen Momenten wusste er oft nicht einmal mehr, wo er sich befand. Paul wohnte, seit er aus dem Militärkrankenhaus entlassen worden war, im Pflegeheim am Sportplatz. Eine schmerzende, eiternde und nur langsam heilende Wunde am Oberschenkel sowie eine Fraktur des Schienbeins zwangen ihn in den Rollstuhl. Der eigentliche Grund für seine Lähmungserscheinungen war allerdings eine Kopfverletzung. Auf dem Weg vom Militärlager zum Flugplatz wurde der Mannschaftsbus, in dem Paul mit Kameraden gesessen hatte, in die Luft gesprengt. Taliban hatten den Bus mit einem Jeep voller TNT gerammt. Wie durch ein Wunder war Paul bei dem Anschlag nicht umgekommen. Er hatte den Moment der Explosion erlebt, als würde er auf einem Feuerball hochgeschleudert; es war gleißend hell und vollkommen still dort oben. Monate brachte er in diesem hellen Nichts zu; dann hörte er leise Musik und sank wie mit einem Fallschirm zur Erde. Er landete mitten im Stausee, und ihm war, als würde er im Wasser treiben und langsam versinken.

Otti arbeitet seit Jahren im Supermarkt hinter der Theke der Cafeteria. Eigentlich heißt sie Ottilie, hat gelbbraune Augen, funkelnd wie Katzenpupillen im Dunkeln, und kurze Haare mit hellen Strähnchen. Sie trägt gerne indianische Ohrringe, große silberne Federn mit türkisfarbenen Perlen. Es erscheint so, als liebe Otti ihre Kunden, als betrachte sie sie als Teil ihrer Familie. Allerdings kann sie böse werden, ja sogar schreien, wenn jemand sein Geschirr auf dem Tisch stehen lässt und es nicht, wie es sich gehört, in den Regalwagen stellt. Meist jedoch ist sie gut gelaunt und strahlt jeden Kunden an, auch Nina begrüßt sie immer freundlich. Der ganze Raum duftet nach den Brötchen, die Otti gerade aus dem Ofen holt und vom Backblech in einen Korb schüttet. Um diese Zeit füllt sich das Café allmählich mit Leuten, die im Anschluss an ihren Einkauf frühstücken; Vertreter, Bauarbeiter, Schüler, Angestellte aus den umliegenden Betrieben, Reisende, die auf einen Anschlusszug warten, und Hausfrauen, die ihre Kinder später von der Schule abholen werden. Einer der Alten humpelt schnurstracks zur Runde der Grauköpfe, ruft im Vorbeigehen Otti zu, er habe gerade einen Engel gesehen, einen wahrhaftigen Engel, der auf die Erde gekommen sei. Otti kennt seine Sprüche und reagiert nicht darauf. «Ja, ein Engel, der auf die Erde gekommen ist», wiederholt er, nun so laut, dass man es überall im Café hört, und zwinkert seinen Kumpanen zu. Eine Frau, die am Tisch am Fenster sitzt, blickt sich um, die Alten sehen verstohlen zu ihr hin und lächeln.

Vor Jahren ist Otti aus Köln in diese Gegend gekommen. Die ersten Wochen hat sie befürchtet, ihr Mann könne sie in Kall finden. Sie war weggelaufen, nachdem er sie geschlagen hatte. Als er betrunken auf der Wohnzimmercouch eingeschlafen war, hatte sie eilig einige Kleider in ihre Reisetasche gestopft, war zum Hauptbahnhof gerannt und dort in den erstbesten Zug gestiegen. Unterwegs war sie erschöpft eingeschlafen. Sie war erst wieder aufgewacht, als der Zug durch den Stiftsbergtunnel ratterte. Sie erinnert sich, wie sie allein auf dem Bahnsteig steht und zu den roten Sandsteinfelsen hinübersieht. Sie war damals über den Parkplatz zum Supermarkt gelaufen, hatte sich dort im Café an einen Tisch gesetzt. Auf einer Pappe hinter der Bäckereitheke stand, dass eine Aushilfe für Service und Verkauf gesucht werde.

Auf jedem Tisch stehen eine Vase mit Gerbera oder Tausendschön, ein Zuckerstreuer, ein Milchkännchen; manchmal schwimmt eine tote Fliege darin. Es gibt eine Fensterfront, die den Blick auf den Parkplatz ermöglicht. Im Sommer kann man auf der überdachten Terrasse sitzen. Wenn Nina vom Zeitungaustragen kommt, muss sie nicht bezahlen, das übernimmt Evros, weil sie ihm die restlichen Zeitungen für seine Hotelgäste überlässt. Otti gießt ihr eine große Tasse Kaffee ein, obwohl sie eigentlich nur eine kleine bestellt hat. Sie sagt: «Die Frau vom Sozialamt hat nach dir gefragt. Sie ist wütend gewesen, weil du nie anzutreffen bist. Du sollst dich unbedingt bei ihr melden.» Nina hat Angst vor ihren Fragen. Wenn sie mit einem Schützling spricht, holt sie die entsprechende Akte aus ihrer Handtasche, die sie immer bei sich trägt, und legt sie vor sich auf den Tisch. Sie lauert Nina auf oder kommt ungebeten in ihre Wohnung, weckt sie sogar abends, ohne Rücksicht darauf, dass Nina am nächsten Morgen früh aufstehen muss. Sie besitzt einen Schlüssel zu Ninas kleiner Dachmansarde, inspiziert dort jeden Winkel, überzeugt, irgendetwas Verbotenes zu finden. Erfährt Nina, dass sie nach ihr sucht, versteckt sie sich oder läuft zum Wasserfass am Stausee. Nina bleibt dann oft den ganzen Tag dort und sieht verträumt zum See hinunter. Zu bestimmten Zeiten brodelt es für einige Minuten in seiner Mitte, Luftblasen steigen auf, und kurz darauf blinken wieder Millionen schwebende Sterne im Wasser.

Es ist Nachmittag, auf den Bahnhofsstufen hocken Jugendliche. Linienbusse fahren vom Vorplatz durch das Urftland zum Stausee und weiter durch kleine Straßendörfer bis an die belgische Grenze. Eine Taxifahrerin mit einem fuchsroten Bubikopf, einem kleinen Mund und unzähligen Sommersprossen im Gesicht lehnt an ihrem Auto, raucht und besucht in ihrer Pause die Cafeteria. Die neue Bedienung stapft umher, räumt schmutziges Geschirr ab und schimpft dabei leise vor sich hin. Sie hat einen Entenhintern, stämmige Beine, im linken Nasenflügel einen winzigen Roségoldstecker mit einem Kristallsteinchen. An ihrem ersten Arbeitstag wollte sie Nina von ihrem Platz verjagen. Aber Otti hatte ihr gesagt, das Mädchen könne bleiben, solange sie wolle. Nina sitzt müde in einem zu großen Parka an ihrem Tisch, hat den Kopf auf die Arme gestützt. Aus dem Einkaufsmarkt hört man Musik und Handy-Klingeltöne, die feixenden Grauköpfe, lachende Frauen, das Klappern des Geschirrwagens, kichernde

Schulmädchen, Husten und Röcheln, tratschende und schnatternde Omas, die soeben eingetreten sind. All die Töne schweben wie Seifenblasen schillernd zwischen Stühlen und Tischen, steigen unruhig unter die Decke, platzen oder vereinigen sich und tanzen zusammen umher. Immerzu entstehen so neue Wörter. Nina glaubt, zwischen den Stimmen ihre Mutter singen oder auch Gregor lispeln zu hören. Sie öffnet ihre Augen nicht, sondern träumt weiter.

Es gibt Nachmittage, an denen die Unterhaltungen an den Tischen plötzlich ersterben, an solchen Tagen schlägt das Herz der Cafeteria wie das einer schnurrenden Katze, ein warmer Luftzug, von dem man nicht weiß, woher er kommt, weht durch den Raum, ein Hauch von Hoffnung ist darin, der die Sinne eines jeden zu öffnen vermag.

Isabell Krämer arbeitet bei einem Möbelhaus im Gewerbegebiet und hat heute etwas früher Schluss gemacht, um sich wie immer hier abzulenken. Sie macht es sich in einem der Sessel bequem, die in der Mitte des Cafés um ein rundes Tischchen gruppiert sind, und schaut, während sie einen Salat vom Türken isst, auf den Flachbildschirm; sie fährt sich nachdenklich ins Haar, spielt mit der Perle an ihrem Ohrläppchen und spürt, wie das Stimmengewirr der Gäste sie allmählich beruhigt und sie ihre Einsamkeit vergessen lässt. Ein Mädchen in einem viel zu großen Parka stößt an ihren Tisch und reißt sie aus ihren Gedanken.

Der Fernseher läuft ununterbrochen, bis Otti ihn abends kurz vor Ladenschluss ausschaltet.

Am nächsten Morgen schiebt sie die Stühle an einem Tisch zur Seite, damit Paul mit seinem Rollstuhl heranfahren kann. Er trägt eine Wollmütze, ein Hemd, eine Trainingshose; auf seinem Schoß liegen seine Umhängetasche mit Notizblock, Handy und einem Bundeswehr-Fernglas, mit dem er die Vögel beobachtet. Lydia, Pauls Mutter, hatte früher mit Otti zusammengearbeitet. In der Zeit, in der Paul in Afghanistan gewesen war, zog sie mit ihrem neuen Lebensgefährten an die Ostsee. Lydia wünscht sich so sehr, dass Paul bei ihr und ihrem neuen Mann wohnt. Aber Paul will nichts mehr mit seiner Mutter zu tun haben, er redet nicht mit ihr, antwortet nicht auf ihre Briefe, die er ungelesen zerreißt, weil er ihr nichts mehr glauben kann. Es gibt Tage, an denen er nur in seinem Zimmer sitzt und vom Fenster aus den Jungen beim Fußballtraining zusieht. Hin und wieder telefoniert Lydia mit Otti und erkundigt sich nach ihrem Sohn. Otti kann ihrer Freundin nur berichten, wie sehr Paul unter seiner Situation leidet. «Wenn er hier bei mir sitzt, schweigt er vor sich hin, die Abende verbringt er bei Evros oder in der Spielhalle am Bahnhof.» Lydia macht sich Vorwürfe, früher nicht genug für Paul gesorgt zu haben; so vieles in ihrer Ehe sei schiefgelaufen, und er habe darunter leiden müssen. Sie fragt Otti, ob es vielleicht nicht doch besser gewesen wäre, in Kall bei ihrem Sohn geblieben zu sein, weint, klagt, nicht mehr zu wissen, was sie tun könne. Nur schwer erträgt sie, dass er gar nichts mehr von ihr wissen will, abweisend reagiert, und an allem, was mit ihm geschehen ist, allein ihr die Schuld gibt. «Irgendwann wird er schon wieder mit dir sprechen, du musst ihm Zeit geben. Lass es jetzt erst mal gut sein und leb dein Leben. Du bist doch glücklich mit deinem Berthold», antwortet Otti. Ihr wird das Klagen ihrer Freundin oft zu viel. Lydia lebt mit ihrem neuen Mann in einem Häuschen am Meer, hat das, wovon sie immer geträumt hat, arbeitet sogar wieder als Grafikerin in einer kleinen Werbeagentur. Nun erzählt sie Otti, seit sie am Meer lebe, habe sie Fernweh. Wenn sie zusammen mit Berthold und ihrem Hund am Strand spaziere, schmiedeten sie oft Pläne für eine lange Schiffsreise. Aber solange es Paul so schlecht gehe, könne sie unmöglich eine solche Reise antreten. Otti verspricht ihrer Freundin, sich um Paul zu kümmern.

Der Fernseher zeigt zerstörte Städte und flüchtende Menschen. Die Grauköpfe denken, dass die Welt leider nicht so ist, wie sie sein sollte, dass sie immer unverständlicher wird und dass in ihr, so meinen sie, in letzter Zeit alles schiefgeht, ohne dass sie sich erklären könnten, warum. Sie schimpfen über korrupte Politiker und die Ausländer, welche auf ihre Kosten hier Espresso trinken, von ihnen durchgefüttert werden und dann noch mit Drogen handeln.

Paul redet mit niemandem über seine Erlebnisse, auch nicht mit den alten Männern; sie versuchten mehrmals, mit ihm ins Gespräch zu kommen. Wenn er überhaupt antwortet, sagt er, niemand, der nicht selbst dort gewesen sei, könne das verstehen. Dann fährt er mit seinem Rollstuhl weg.

Herr Vallentin sitzt abseits von den Alten. Er poliert mit der Papierserviette Wasserflecken vom Besteck und beginnt, bedächtig zu essen. Er bemerkt eine frühere Schülerin. Sie trägt eine Pagenfrisur mit den Resten einer rosafarbenen Tönung. Bis zu seiner Pensionierung ist er Lehrer an der hiesigen Gewerbeschule gewesen. Seine vor zwei Jahren gestorbene Frau, sie stammte ursprünglich aus dem Urftland, wollte, dass er hier eine Stelle als Lehrer annahm. Seit ihrem Tod kommt er regelmäßig mittags und abends, in der Hoffnung, interessanten Leuten zu begegnen und mit diesem oder jenem ein Gespräch zu führen. Doch im Moment reden alle nur noch vom Stausee und dem Ferienpark, besessen von der Idee, Kall und das Urftland würden endlich wieder blühen wie früher und das Leben sich zum Besseren wenden.

Die Grauköpfe wissen, dass sich ein Teil der Uferwiesen am Stausee im Besitz Sophia Molitors befindet. Sie ist eine Urenkelin des letzten Bergwerksdirektors; einige weitere Grundstücke haben Bauern von der Gemeinde gepachtet. Sophia Molitor kümmert sich nicht um ihr Land, sie weiß nicht einmal, wo genau die Grenze verläuft. Die Gemeinde hat nach dem Krieg die Staumauer errichten lassen, um zu verhindern, dass bei heftigen Regenfällen Wasser aus dem riesigen Senkloch das Urftland und Kall überschwemmt. Damals, so erinnern sich die Alten, ist der See zum letzten Mal trockengelegt worden. Während dieser Zeit fand man auf seinem Grund Loren aus dem Bergbau und das Geschirr alter Grubenpferde. Schatzsucher wateten durch den Matsch, versuchten erfolglos, eine Spur von Strohwangs Silberschatz zu finden. Sie glaubten, man könne vom Grund des Stausees in das geheime Stollensystem eindringen. Jahre später sind Taucher im See gewesen; je tiefer sie tauchten, umso kälter und trüber wurde das Wasser, bis sie schließlich nur noch geisterhafte Schemen in Wolken winziger Schwebepartikel wahrnahmen.

Auf einer Anhöhe oberhalb des Stausees befindet sich Ninas Fass, ein Wassertank, der ehemals als Viehtränke diente. Ein Bauer hat den Zylinder aus Eisenblech, dick wie ein Kuhbauch, vor Jahrzehnten auf Sophias Land abgestellt. Er steht unter einem Holunderbaum auf einem rostigen Anhänger. Auf der Oberseite befindet sich eine Luke mit einem Deckel, den man von außen verriegeln kann. Als Nina klein war, kletterte sie oft mit Gregor in den Tank. Durch die Öffnung sahen sie in den Himmel und stellten sich vor, sie trieben auf Flüssen bis zum Meer. Im Inneren, das sie mit Decken und Kissen ausgepolstert hatten, konnten sie das Rauschen der Wellen hören. Nina glaubt immer noch, ihr Bruder würde irgendwo auf dem weiten Atlantik herumpaddeln, bis er eines Tages an einem weißen Strand mit Palmen schließlich ihren Vater und ihre Mutter finden würde. Irgendwann bekäme sie bestimmt eine Nachricht von ihm und könnte zu ihm reisen.

Nachdem Nina früh am Morgen die Zeitungen ausgetragen und bei Otti gefrühstückt hat, läuft sie meist zu ihrem Lieblingsplatz. Zwischen den Bahngleisen und dem Fluss rennt sie über einen Pfad bis zum Sägewerk, überquert dort die Gleise und springt vom Bahndamm herunter. Sie achtet darauf, von niemandem gesehen zu werden, wenn sie unter dem Zaun hindurch auf die Viehweide kriecht. Auf allen vieren klettert sie wie eine Spinne den Wiesenhang bis zur Bergkuppe hinauf. Lange Zeit sitzt sie ans Fass gelehnt unter dem Holunder und sieht zum Stausee hinunter.

Die Grauköpfe wundern sich über das Mädchen, das

mitten im Raum steht und gebannt zum Fernseher blickt, auf dem nur schäumende Wellen zu sehen sind, hin und her schaukelnde Boote, irgendwelche Delfine und Fliegende Fische. Beim Thema Meer vergisst Nina alles um sich herum. Sie versinkt geradezu im Bildschirm, spricht mit sich selbst und kritzelt hin und wieder etwas in ein Heft.

Die Sozialarbeiterin kommt, eilt zu Nina, bugsiert sie unter den Augen der Alten an einen Tisch, befiehlt ihr, sich zu setzen, und fragt, wo sie die ganze Zeit gesteckt habe. Sie riecht nach süßlichem Schweiß, hat ein dick geschminktes Gesicht. Sie nimmt Ninas Heft, blättert es durch, schüttelt den Kopf und steckt es in ihre Handtasche. Was sie macht, ist bestimmt nicht erlaubt, denkt Otti, die sie schon oft darauf aufmerksam hatte machen oder sich an ihren Vorgesetzten hatte wenden wollen. Auch die Grauköpfe sehen das so, schütteln missbilligend ihre Köpfe. Während die Frau vom Amt mit Nina redet, dreht das Mädchen sich um, blickt wieder wie gebannt auf den Bildschirm, wo fremdartige Kreaturen in tausend Metern Tiefe schimmernd über den dunklen Meeresgrund treiben. «Schau mich an, wenn ich mit dir rede. Ich habe keine Zeit, dir hinterherzurennen, du bist nicht die Einzige, um die ich mich kümmern muss.» Sie droht Nina, sie in ein Heim einweisen zu lassen, ist überzeugt, sie verkehre mit den Drogenabhängigen, die vor dem Markt lungern oder am Wehr herumhängen. «Ich hole uns was zu trinken; du bleibst sitzen und überlegst dir in der Zwischenzeit, was du mir erzählst.»

Hinterm Filzvorhang

Die Stiftsbergstraße, in der Sophia Molitor wohnte, war das Prunkstück Kalls, gesäumt von alten Linden, Goldregenbäumen und Kastanien, welche die Straße wie ein Baldachin aus Blättern überspannten. Zur Zeit des Erblühens (立夏, Lìxià) dufteten die Bäume nach Honig und Zimt. Otti wohnte in der Bahnhofstraße über dem TUI-Reisebüro, zwei Häuser weiter befanden sich eine kleine Versicherungsagentur und das Anwaltsbüro von Dr. Hillarius. Schließlich gab es die Gemeindeverwaltung, die Apotheke und die Praxis des ortsansässigen Internisten, daneben im selben Haus das Bestattungsinstitut, das wegen der Todesanzeigen sämtliche Regionalzeitungen abonniert hatte. Gegenüber der Spielhalle am Bahnhof war die Gastwirtschaft von Evros. Ihm brachte Nina übrig gebliebene Zeitungen für seine Hotelgäste – Angler, Bauarbeiter vom Staudamm, Handelsvertreter auf der Durchreise, Monteure, die im Gewerbegebiet arbeiteten, Paare, die heimlich bei Evros ein Zimmer mieteten; sonst verirrte sich niemand mehr nach Kall. Frühmorgens betrat Nina die Gaststätte durch einen Filzvorhang, der die Gerüche von Jahrzehnten konserviert zu haben schien. Evros schlief schnarchend mit angezogenen Beinen auf einer Bank im Gastraum. Paul saß in seinem Rollstuhl, Zehner hockte wie immer an der Theke und redete mit sich selbst: *komjesproche, mir schwiejen oss ahn, unn wenn me jet saare, dann käuje me die Wöert, als schmeckten se joot. Himmelsbrot, Hemmelsbote, Engele enn, Wiss mött bloodije, Schüezele em, Hospital, Hauptverbandsplatz, Knall, Fall, Stöpp, Quallem, Krach, do*

loochen die Vewundete vom Hürtgenwald, wisse Verbänd, bloot-
dörchtränk, unn mir braahten oss Köhop de Weed, mir hooten
seij und spellten «Schlapp hätt dr Hoot verloore» – Eins hätt en,
Zwei hätte en, unn beij Drei op dä Röcke von dä Köh jespronge …
Als Zehner das Mädchen sah, verstummte er, blickte sie
mit wässrigen Augen an, leerte sein Glas; sein spitzer
Kehlkopf hüpfte unter der faltigen Haut … *ess onger dem*
Is opjetauch, hätt blaue Uhreschützer gedraare, ja, blaue Ohren-
schützer, Ohren senn Uhre unn Augen senn Ohre, watt für en
Sprooch? Blaue Ohre, hemmelblau, äve wie von Nodele zerstei-
che, onget em es opjetauch, wär besser dronger jeblevve, wie von
Nadeln zerstochen, wenn se nur ent Wasser gefalle wär, hätten
die Ohre net su uss jesehn, wie se uss jesehn hann, sondern angesch,
ich weeß net wie … En ihre Klamotte hengen Fesch, Flussneun-
augen und anger Jediersch …
Zehner faselte von seiner Mühle, die ihm nur noch in
seiner Erinnerung gehörte. Sein Sohn Siegmar hatte sie
vor Jahren übernommen, sie später an einen Futtermittel-
konzern verkauft. Er schimpfte über ihn, redete von Die-
selmotoren und elektrischen Aggregaten, davon, dass kein
Getreide mehr gemahlen, sondern nur noch Futtermittel
geschrotet würden, von seiner Schwiegertochter, derent-
wegen er seine Enkelkinder schon seit Jahren nicht mehr
gesehen habe, und von einer Holländerin, die in einem
Campingwagen am Fluss gewohnt hatte.
Nina legte den nassen Zeitungspacken auf den Tisch.
Zehners zahnloser Mund stand offen. Evros war wach geworden, richtete sich auf und zupfte an seinem Kinnbärt-
chen. Paul fuhr in seinem Rollstuhl Nina entgegen; es
ging ihm schlecht, die Wirkung seiner Schmerzmittel

hatte nachgelassen, er brauchte jetzt seine Tabletten. Nina hatte Angst, er würde wieder ohnmächtig. Sie schob ihn durch das noch schlafende Städtchen zu seiner kleinen Wohnung im Pflegeheim.

Freitags kommen die Bewohner der umliegenden Dörfer in den Supermarkt, um fürs Wochenende einzukaufen. Sie gehen zum Friseur neben dem Blumenladen oder lassen sich beim Optiker eine neue Brille anpassen, danach besuchen sie das Café. Ein Vetter Lünebachs sitzt heute bei den Grauköpfen. Er hat früh am Morgen seine bettlägerige Frau versorgt, ihr Beruhigungsmittel verabreicht, damit sie schlafen und er das Haus verlassen kann, ohne dass sie klagt. Zunächst ist er zur Tankstelle im Industriegebiet gefahren, zu den Lastwagenfahrern, die dort im Shop Pause machen. Bevor seine Frau erkrankte, war auch er Trucker gewesen. Er hatte Touren bis nach Spanien und Italien gemacht, später Kalkgestein zu den Zementmühlen transportiert. Nachdem die Fahrer aufgebrochen sind, macht er sich auf den Weg zum Markt, kauft ein und gesellt sich zu den Alten. Er hat einen durchdringenden Blick, tiefe Mundwinkelfalten; aus einem Grübchen an seiner Kinnspitze wachsen stachlige Haare. Er isst zwei mit Jagdwurst belegte Brötchen, dazu ein weich gekochtes Ei und trinkt einen Cappuccino. In seinem Mundwinkel kleben Eidotter und Milchschaum.

Der Marktleiter steckt sich auf der Terrasse eine Zigarette an. Er saugt genussvoll den Rauch ein und blickt zu seinen Kunden, die eilig über den Parkplatz in den Markt streben; er telefoniert mit Angestellten und gibt ihnen Anweisungen. Früher ist er aufbrausend gewesen und hat sie oft wegen Kleinigkeiten angeschrien. In den letzten Jahren ist er viel ruhiger geworden und träumt von einem

Einkaufszentrum, das einem antiken Forum gleicht. Dort, so hat er gelesen, haben sich die Menschen getroffen, um Neuigkeiten auszutauschen und Diskussionen zu führen. Bestimmt hätte man auch das Staudamm-Projekt, von dem jetzt alle reden, eingehend erörtert.

Glasauge

Sophias Villa stand oben am Stiftsberg; sie konnte von ihrem Lieblingsplatz im Wintergarten auf Kall blicken, wo die Urft glitzernd hinter den Häusern der Bahnhofstraße floss, sich dann gemächlich weiterschlängelte, am Supermarkt vorbei zur Zehnermühle und der Gaststätte am Wehr, weiter durch die Auenwiesen in die Weite des Urfttals. Fenster und Türen der Villa waren mit rotem Sandstein eingefasst, der noch aus dem alten Steinbruch an der Gemünder Straße stammte; von dort hatten schon die Römer Steine für ihre Aquädukte geholt. Die Geschäftsführer der Bergwerksgesellschaft hatten während ihrer Amtszeit in dieser Villa residiert. Sophias Urgroßvater, Siegfried Molitor, war der Letzte in der Reihe der Direktoren gewesen, ein gebildeter Ingenieur aus Ostpreußen, der nach Kall versetzt worden war und die Villa gekauft hatte, um mit seiner Familie im Urftland zu leben. Auch nachdem alle Gruben stillgelegt worden waren, blieb die Familie Molitor in Kall. Es kursierten Gerüchte, der wahre Grund für Siegfried Molitors Bleiben sei die Suche nach dem Silberschatz der Bergwerksgesellschaft gewesen. Jedenfalls besaß Molitor die Karten der alten Stollen, und er verschwand ebenso wie Jahre später Strohwang im Stollensystem unter dem Urftland.

Auf einem chinesischen Sideboard aus lackiertem Bambus standen Fotografien von Sophias Urgroßvater, ihrem Vater und das Hochzeitsfoto von ihr und Eugen. Mit ihrem Mann hatte sie früher im Erdgeschoss gewohnt, doch seit Eugen in China verschollen war, hatte sie die Parterre-

wohnung nicht mehr betreten. Sie hatte fast alles darin zurückgelassen, die Tür hinter sich verschlossen und war in
die identisch geschnittene Wohnung im ersten Stock gezogen. Eugens Geschäftsunterlagen, welche die Firma aus
seinem Büro in Shanghai geschickt hatte, und die Souve-
nirs, die er von seinen Reisen mitgebracht hatte, befanden
sich immer noch im Parterre. Nina brachte Sophia jeden
Morgen die Zeitung, erledigte kleinere Einkäufe für sie
und trank manchmal mit ihr Tee. Dann saßen beide auf
alten chinesischen Möbeln, nippten aus dünnem China-
porzellan Jasmin- oder Silbernadeltee. Sophia war Mitte
sechzig, klein und zierlich, mit kurzen weißen Haaren und
klugen, funkelnden Augen. Vor ihrer Pensionierung war
sie Lehrerin am Gymnasium in Steinfeld gewesen. Seit
vielen Jahren beschäftigte sie sich mit der Kultur Chinas;
sie hatte die chinesische Sprache erlernt, bis sie in der Lage
war, die Werke der großen Philosophen zu lesen. Sie lebte
zurückgezogen in ihrer schönen Wohnung, schminkte sich
dezent, auffallend waren dagegen ihre kunstvoll bestickten
Seidenkleider mit Paradiesvogel-Motiven. An den Wänden hingen Tuschzeichnungen aus der Yuan-Dynastie, hin-
getupfte Wolken zwischen fernen Bergen, im Bildvor-
dergrund angedeutete Bäume. Nina behauptete, Sophia
sei ihre Tante, was natürlich nicht stimmte, worüber aber
niemand erstaunt war. Sie bewunderte die alte Dame, wie
sie ihren Tee vornehm mit abgespreiztem kleinen Finger
trank, ohne dabei eingebildet oder preziös zu wirken.
Sophia erzählte von chinesischen Provinzen, die ihr Mann
bereist hatte, von Jiansu und Fuan, wo man aus dem Kokon der Seidenraupen Fäden gewann, um feine Stoffe zu

weben, aus denen die Kleider waren, die sie jeden Tag trug. Eugen habe ihr diese Kleider von seinen Geschäftsreisen mitgebracht. Sie erzählte Nina, wie sehr sie Eugen geliebt habe und wie verstört sie gewesen sei, als sie erfahren habe, dass er auf einem einsamen Bergpass in der Provinz Heilongjiang im verlassenen äußersten Nordosten Chinas unter Geröll und Schlammmassen begraben worden sei. Damals war Sophia erst fünfundzwanzig Jahre alt und mit Raimund schwanger gewesen. Obwohl sich in den folgenden Jahren einige Männer um sie bemühten, hatte sie nicht wieder geheiratet. Sie erzählte von berühmten chinesischen Flüssen, besonders vom Yangtse, dem Gelben Fluss, der durch die Mongolei, Tibet und die Provinz Qinghai fließt, dem Jijiang, dem Perlflussdelta, von weißen Delfinen, die in ihm lebten. Nina hörte aufmerksam zu, verstand jedoch wenig davon und schlief irgendwann ein.

Sophia kannte Ninas Großvater Darius Plission aus ihrer Jugendzeit. Als Studentin, gerade zwanzig Jahre alt, hatte sie ein Verhältnis mit ihm gehabt, zwei Jahre, bevor sie Eugen heiratete. Auf einem Kostümfest hatte sie mit Darius getanzt; er war als Korsar verkleidet gewesen, mit einem Tuch um den Kopf und einer Binde über seinem Glasauge. Darius, ein großer, schlaksiger Mann, verheiratet und bedeutend älter als sie, hatte eigentlich studieren wollen, dann aber das Geschäft seiner Eltern weitergeführt. Auf dem Fest trug er ein Hemd mit weiten Puffärmeln und eine schwarze Samtweste. Sophia sah ihn manchmal in ihren Träumen vor ihrem Tisch stehen und schüchtern um einen Tanz bitten. Am frühen Morgen war sie mit Darius zum Stausee gefahren. Es war eine sternklare, kalte Nacht gewesen, der See zugefroren. Sie waren über das Eis bis zur Mitte des Sees gelaufen, das unter ihren Füßen knackte. Sie hatte Angst gehabt, einzubrechen. Mitten auf dem See hatten sie sich schließlich umarmt und geküsst. Darius hatte sie beruhigt, er habe Schneewüsten durchquert und sei über viele zugefrorene Flüsse und Seen gewandert, sie brauche bei ihm keine Angst zu haben. Er hatte noch die Augenbinde getragen. Später im Auto hatten sie sich geliebt, obwohl damals schon feststand, dass sie Eugen bald heiraten würde. Sie war eingeschlafen und in der Morgendämmerung wegen der Kälte aufgewacht. Vogelschwärme waren über die glitzernde Eisfläche geflogen. Da es in der Nacht nicht mehr geschneit hatte, konnte man ihre Fußstapfen noch sehen. Darius hatte Sophia mit seiner Jacke zugedeckt. Sie erschrak, als sie sein künstliches Auge sah. Er hatte es bemerkt und sie schweigend nach Hause gefahren. Niemals hatte sie Eugen oder sonst jemandem davon erzählt, auch Mimie, ihrer besten Freundin, nicht. Immer, wenn sie von der Universität wieder nach Hause gekommen war, hatte sie sich heimlich mit Darius getroffen. Ruth, seine Tochter, war später einige Jahre lang ihre Schülerin am Gymnasium gewesen.

Unter den Blicken der Grauköpfe kommt Nina herein, setzt sich ans Fenster. Sie isst ein Brötchen, trinkt Kaffee und genießt den Anblick der aufgehenden Sonne, die auf die Sandsteinfelsen hinter den Bahngleisen scheint. Einst waren die Alten mit Ninas Großvater zur Schule gegangen, hatten zusammen Fußball gespielt. Sie kennen Ruth, Ninas Mutter, erinnern sich noch gut, wie Darius' Tochter mit ihren beiden kleinen Kindern vor Jahren nach Kall zurückgekehrt war, die Kleinen bei ihren Eltern abgeliefert hat und danach spurlos verschwunden ist. Sie bedauern das Mädchen und sagen ihr nicht, was sie zu wissen glauben. Darius brachte Nina, nachdem seine Frau gestorben war, morgens mit und setzte sich zu ihnen. Damals war auch Lünebach hin und wieder Teil ihrer Runde gewesen, hatte von seiner fixen Idee erzählt, ein Raumschiff bauen zu wollen. Die alten Männer hatten mitverfolgt, wie das Mädchen größer geworden war, die Schule besucht und begonnen hatte, gemeinsam mit ihrem Großvater Zeitungen auszutragen. Sie hatte nie richtig lesen und schreiben gelernt. Mit dem Kopf auf der Schulbank träumte sie von ihrem Bruder, stellte sich vor, auf dem Meer zu treiben, sah den wolkenlos blauen Himmel und hörte die Wellen rauschen. In Wirklichkeit saß sie allein in der letzten Reihe am Fenster, wo sie niemand beachtete. An der Tafel standen Sachen, die sie nicht verstand. Nach dem Unterricht steckte sie ihre Hefte und Bücher in den Ranzen und lief am Fluss entlang zu ihrem Versteck. Eines frühen Morgens, es regnete in Strömen, wurde es

Darius, nachdem sie ihre Zeitungen ausgetragen hatten, auf dem Weg den Stiftsberg hinab schwindlig. Schwankend hatte er mitten auf der Straße gestanden, sich an seiner Enkelin festgehalten, ihr gesagt, er sei erschöpft, und hatte sich auf den Bollerwagen gelegt. Sie deckte ihn mit der Plane zu, die vorher die Zeitungen geschützt hatte. So hatte sie ihn nach Hause gezogen. Erst als sie dort angekommen waren, bemerkte sie, dass ihr Großvater gestorben war. Nach seinem Tod hatte man versucht, seine Tochter Ruth ausfindig zu machen; man hatte nie erfahren, wo sie abgeblieben war. Die alten Männer, die damals alle bei Darius' Beerdigung gewesen sind, waren sich einig in der Überzeugung, dass die Geschichte von der auf den Weltmeeren umherfahrenden Ruth nicht der Wahrheit entsprach, sondern lediglich der Beruhigung der Kinder dienen sollte. Wenn Nina vor sich hin träumt, stoßen die Alten sich an, verziehen die Münder zu einem peinlich berührten Grinsen, flüstern, sie treibe jetzt wieder auf ihrem Meer.

Der Blumenhändler hat auf dem Kölner Großmarkt frische Blumen für seinen Laden gekauft und drapiert sie am Eingang auf Paletten. Vor seinem Lädchen stehen Narzissen mit schneeweißen Blüten, rosafarbene Hyazinthen, Wunderlauch, Kriechender Günsel, Steinkräuter und Anemonen. Nina sieht hinüber zum Bahnhof, wo Pendler auf die Regionalbahn warten. Im Fluss nahe der Brücke stehen Angler in hohen Watstiefeln. Im Café riecht es nach frischen Brötchen und Hammelfleisch. Otti unterhält sich in der Backstube mit ihren Kolleginnen und lacht schallend.

Nun betritt Caspary die Cafeteria, groß und breit-schultrig steht er da und nickt den Grauköpfen gönner-haft zu. Sein Bauch verschwindet trotz der regelmäßigen Besuche im Sportcenter nicht, dafür sitzt Caspary zu oft bei Evros an der Theke. Er hat einen vorgestreckten Schildkrötenkopf, Knopfaugen, eine spitze Nase; auf sei-nen Wangen zeigen sich rote Flecken, mal größer, mal kleiner, je nach Gemütszustand. Als die Alten ihn sehen, spekulieren sie über den Stausee und versuchen mitzu-bekommen, mit wem er telefoniert.

Im Frühsommer 2006, der Zeit der kleinen Fülle und der reichen Ährenbildung (小滿 / 小满, Xiǎomǎn), saß Sophia in ihrem Wintergarten. Seit Jahren versuchte sie sich an der Übersetzung des *Daodejing* von Laozi. Zu jedem der Verse schrieb sie kleine Briefe, in denen sie ihr Verständnis des rätselhaften Textes darlegte. Zwischendurch sah sie von ihren Büchern auf, schaute ins Tal und dachte nach. Sophia liebte den Blick ins Urfttal, es war ihr, als würde sie über dem Land schweben, als hätte sie Flügel und segelte über die weiten Auenwiesen. Sie konnte sehen, wie den ganzen Tag lang Schwalben über dem Parkplatz und den Bahngleisen kreisten. Sie flogen zu den Sandsteinfelsen hinüber, wo sie Hunderte von armlangen Bruthöhlen in den lockeren Sandstein gebaut hatten. Seit Jahrtausenden zogen sie hier ihre Jungen groß. Im Herbst würden die Vögel wieder nach Afrika fliegen, um dort zu überwintern. Aufgeregt schwirrten sie umher, schienen sich in der Luft zu begrüßen, tanzten zirkelnd im Himmel, suchten ihre Höhlen auf. Der Fluss mäanderte durch das Tal, Nebelschleier stiegen empor und verschwanden im Licht der Sonne. Autos krochen über die serpentinenartige Straße aus dem Städtchen hinaus, verschwanden hinter Häusern am Ortsrand, um auf dem Höhenrücken wie krabbelnde Käfer wieder aufzutauchen. Es schien Sophia, als würden sie in eine andere Welt entfliehen. Am Morgen hatte wieder ein Artikel in der Zeitung gestanden, in dem das Projekt zur Vergrößerung des Staudamms vorgestellt wurde. Caspary, der örtliche Bauunternehmer, und ihr Sohn Raimund sowie Mitglieder des Bauausschusses waren auf einem Bild zu sehen. Noch in diesem Jahr wollte man mit den Arbeiten beginnen.

Am Nachmittag kam Raimund bei seiner Mutter vorbei. Wie immer hatte er wenig Zeit und redete nur über den Stausee. Er regte sich über die, wie er sagte, kleinlichen Bedenken der Leute auf. Jeder Tag, den man später mit den Arbeiten begänne, koste ihn viel Geld. Es gebe im Stadtrat Ewiggestrige, die sich gegen das Projekt stellten, sich gegen eine Vergrößerung des Sees wehrten, nicht begreifen wollten, welche Vorteile ein großer See und ein Ferienpark am Seeufer der ganzen Region brächten. Auch seinen Chef zählte Raimund zu diesen Menschen mit beschränktem Horizont. Ihr Sohn hatte studiert, einen glänzenden Abschluss in Betriebswirtschaftslehre gemacht und danach eine leitende Stelle bei der örtlichen Sparkasse übernommen, wo er schnell zum stellvertretenden Direktor aufgestiegen war. Aber seit einiger Zeit schien er mit seiner Arbeit nicht mehr zufrieden zu sein. «Ich finde den See, so, wie er jetzt ist, schön.» Es war ihr unbegreiflich, warum man all das zerstörte. «Wenn es nach mir ginge, könnte alles genau so bleiben», sagte Sophia. «Dein Vater ist früher dort fischen gegangen. Im Sommer waren wir schwimmen und haben im Restaurant am See köstlichen Erdbeerkuchen gegessen – erinnerst du dich noch?» Sie verband noch weitere schöne, jedoch geheime Erinnerungen mit dem See. Würden die Pläne verwirklicht, es gäbe die Wiese am Ufer nicht mehr, wo sie sich mit Darius getroffen hatte. Auch das Restaurant müsste abgerissen werden. Caspary hatte es bereits gekauft. «Kannst du dich noch an Ruth erinnern?», fragte sie unvermittelt. Raimund sah sie verblüfft an. «Welche Ruth?» Sophia wurde klar, dass Raimund noch nicht zur Schule ging, als Ruth in der zehnten Klasse ihre Schülerin gewesen war. Aber sie konnte sich genau erinnern, wo sie gesessen hatte. Sie war damals sechzehn Jahre alt gewesen, ein vielversprechendes Mädchen. Doch dann veränderte sie sich, kam ständig zu spät zum Unterricht und wurde aufsässig. Zur selben Zeit war Eugen in China ums Leben gekommen; Sophia litt damals sehr, war alleine mit dem kleinen Raimund und konnte sich nicht mit den Sorgen ihrer Schülerin beschäftigen. Sie blieb einige Jahre zu Hause und kümmerte sich nur um ihr Kind. Als sie wieder unterrichtete, war Ruth nicht mehr an der Schule. «Ich meine die Mutter des Mädchens, das manchmal hier ist», sagte sie. Raimund verzog den Mund, sein Gesicht hatte einen überheblichen Ausdruck angenommen, den sie nicht gern an ihm sah und der sie an Eugen erinnerte. «Ach, du kannst sie ja gar nicht kennen», warf sie ein. Raimund schüttelte unverständig den Kopf. Sophia war froh, als sein Handy klingelte und er sich anderen Dingen zuwandte. Er stand auf und ging telefonierend ins Wohnzimmer, blieb vor dem Sideboard stehen, auf dem eine Fotografie seines Vaters stand. Eugen posierte stolz darauf und, wie sie fand, stattlich und gut aussehend neben seinem Mercedes, den er damals gerade erst gekauft hatte. Mit der Fingerspitze berührte Raimund, während er mit Caspary sprach, den Rahmen und betrachtete seinen Vater. Sie bemerkte, dass ihrem Sohn ein Hemdzipfel hinten aus der Hose hing. Er braucht eine Frau, die sich um ihn kümmert, jemanden, der ihm Halt gibt und auf dessen Meinung er hört, überlegte sie. Raimund telefonierte immer noch mit Caspary. Mit ihm verstand er sich jetzt offenbar glänzend, schien vergessen zu haben, wie er ihn früher gehänselt und als Streber verspottet hatte. Manchmal war er weinend von der Schule nach Hause gekommen, weil Caspary wieder eine Intrige gegen ihn angezettelt hatte. Da er immer andere vorgeschickt hatte, konnte Sophia nie etwas gegen ihn und sein Verhalten unternehmen. Caspary war ein schlechter Schüler gewesen, aber irgendwie hatte er das Abitur geschafft. Wie ihm dies gelungen war, blieb dem gesamten Kollegium ein Rätsel, denn er war mit Abstand der miserabelste Schüler gewesen, der jemals die Schule besucht hatte; einer von denen, die man nicht vergisst, weil sie bei maximaler Dummheit und Ignoranz doch Bauernschläue und eine gewisse Gerissenheit besitzen, mit der sie sich durchmogeln, ein Schüler, vor dem man sich als Lehrer in Acht nehmen musste. Nach diesen Erfahrungen bewertete sie insgeheim gewisse Schüler nach Caspary-Einheiten. Niemals hatte ein Schüler mehr als 0,5 Caspary erreicht. Nach dem Abitur fing er als Juniorchef im Betrieb seines Vaters an, übernahm die Firma nach dem Tod des Alten und vergrößerte sie sogar. Obwohl er schon mehrere Insolvenzen hinter sich hatte, war er immer wieder auf die Beine gekommen und hatte sich eine protzige Villa im englischen Landhausstil gebaut, die er kurz vor seiner letzten Pleite an seine Frau überschrieb. Im Vorgarten stand eine überlebensgroße Marmorfigur, die Darstellung einer der Aphrodite nachempfundenen üppigen Gestalt,

die einer Muschel entstieg und Flöte spielte. Caspary hielt
so etwas für Kunst. Vincentini und Albert friedeten vor
Jahren sein riesiges Grundstück mit Hecken ein. Sophia
erinnerte sich, welche Schwierigkeiten die beiden mit ihm
gehabt hatten, als es an die Bezahlung ging. Sie fürchtete,
ihr Sohn wäre nicht gerissen genug, um mit jemandem
wie ihm erfolgreich Geschäfte zu machen. Caspary würde
immer irgendwie durchkommen, bei ihrem Sohn war sie
sich da nicht so sicher.

Um die Mittagszeit essen Büroangestellte in der Cafeteria, Postbeamte und Handwerker bestellen einen Drehspießteller mit Salat oder Lahmacun, Zaziki oder einen Kervanteller mit Pommes.

Später am Nachmittag sitzen an denselben Tischen Frauen, die vom Friseur kommen. Frisch frisiert und mit einer neuen Tönung im Haar trinken sie ihren Kaffee und essen Kuchen.

Ein junger Mann steht schwankend vor dem Markt und stiert mit glasigen Augen auf den Asphalt. Er trägt eine dreckige Jacke und hat geschwollene Hände. Am Morgen ist er mit dem Zug nach Köln gefahren, hat sich am Hauptbahnhof Drogen besorgt. Er ist völlig abwesend, macht tapsige Schritte und läuft später unsicher hinüber zum Wehr.

Die Grauköpfe erkennen sofort, ob jemand neu ins Urftland gezogen oder nach Jahrzehnten wegen einer Beerdigung, Hochzeit oder sonstiger familiärer Angelegenheiten zurückgekehrt ist. Sie lesen den Leuten an ihren Gesichtern ab, was sie hier wollen. Sie sehen Lünebachs Exfrau mit ihrem neuen Mann, und einer kann sich die Bemerkung nicht verkneifen, er wäre von dieser Frau auch abgehauen und bis ans Ende des Universums geflogen.

Durchreisende warten auf ihren Anschlusszug; Leute aus umliegenden Dörfern, die gerade vom Arzt kommen, verbringen die Zeit hier, bis ihr Taxibus sie nach Hause chauffiert, Wanderer halten Einkehr und sitzen, über eine Landkarte des Urftlandes gebeugt, am Tisch.

Otti kümmert sich kurz vor Feierabend um die Tages-abrechnung, deponiert die Einnahmen im Tresor in der Küche. Backbleche, Gläser und Geschirr müssen noch ge-säubert, übrig gebliebene Backwaren in Folie verpackt werden, damit sie frisch bleiben und am nächsten Tag noch verkauft werden können. Den späten Kunden schenkt sie Kaffee aus der Thermoskanne ein, denn die Kaffee-maschine ist bereits ausgeschaltet und gereinigt. Sie schiebt das restliche Geschirr in die Spülmaschine; wenn niemand mehr da ist, stellt sie die Stühle auf die Tische und wischt den Boden.

Zeitungen

Es war eine brombeerschwarze, stille Nacht, die Straßen, Gassen, kleinen Pfade und Häuser träumten, und es roch nach salziger See; zu hören war nur der auf Dächer und Asphalt prasselnde Regen. Nina zog den Bollerwagen mit den Zeitungspacken durch die holprigen Straßen, ihr Bruder hockte hinten auf dem Wagen, immerzu paddelnd und sich über seinen vom Sitzen in der Feuchtigkeit wunden Hintern beklagend. Er schrie und schimpfte, er habe Eiterbeulen so dick wie Hühnereier, geschwollene Beine, an den blutigen, hautlosen Händen flatterten die Stofflappen. Sie solle voranmachen, von achtern komme eine mannshohe Welle, die sein Boot kentern lasse. Das Städtchen trieb immer weiter auf den Ozean hinaus. Sie musste ihren Bruder verlassen, hatte Zeitungen auszutragen. In all den Jahren hatte Nina immer pünktlich ausgeliefert. Sie hatte dabei erfahren, wer früh aufsteht, um zur Arbeit zu gehen, wer die Nacht durchsäuft, sich unruhig im Bett wälzt, wer krank ist, einsam und unglücklich, wer wen in der Dunkelheit heimlich trifft. Sie blickte durch die vorhangblinden Fenster in die Schlafzimmer, sah Hosen und Unterröcke auf Stuhllehnen, Flaschen und Gläser, Tische, Laken und Betten, sah wie eine Frau sich zu einem Mann hinabbeugte, ihn küsste, sich bewegte, als würde sie mit ihm in Trance tanzen. Nina wollte alles ganz genau sehen und drückte ihre Nase gegen die Scheiben. Die Frau krallte sich an die Brust des Mannes, ihre schwitzenden Körper klebten bald aufeinander. Nina lief weiter von Haus zu Haus, steckte die Zeitungen in die Briefkästen oder schob sie unter Türschlitze in die Hausflure, klemmte sie zwischen Türklinke und Schloss, legte sie zusammengerollt auf Fensterbänke oder unter Fußmatten, warf sie in einen Korb, der mit einer Schnur nach oben gezogen wurde. Nachts begegneten ihr Menschen, die sie vorher noch nie gesehen hatte, und alte Bekannte, die wie Geister umherwandelten, angetrunken aus Evros' Kneipe kamen und über die Straße torkelten, erzählten, summten und sangen, Menschen, die auf der Durchreise waren oder erst ankamen. Sie begegnete Roussel, der an der spanischen Seite des Flusses kauerte, von seiner Chronik berichtete, von einer Welt, die lange vergangen war, von den labyrinthischen Stollen unterm Urftland. Dann war es still, und man hörte nur noch den Tau fallen in dem endlos langen Moment, bis die Vögel leise zu singen begannen. Vincentini und Albert hatten gerade die Gaststätte verlassen, der alte Zehner torkelte betrunken und verwirrt im Morgennebel nach Hause.

In den Fünfzigerjahren war Gérard Roussel, damals drei-
ßigjährig, zum Fischen ins Urftland gekommen. Er hatte
in der ehemaligen Gaststätte Arimond logiert und dort
Sanny Arimond, die Gastwirtstochter, kennengelernt.
Gérard imponierte der jungen Susanne, sie verliebte sich
in ihn und heiratete den mittellosen Städter schließlich
gegen den Widerstand ihrer Eltern, die in ihm einen Lebe-
mann und Faulenzer sahen, der es auf ihr Vermögen ab-
gesehen hatte.

Er hatte sich autodidaktisch umfassendes Fachwissen
angeeignet, den griechischen Lokalhistoriker Xanthos
von Sardes gelesen, seine naturkundlichen und sprachli-
chen Untersuchungen, vier Bände, die nur noch in Frag-
menten erhalten waren. Außerdem beschäftigte er sich
mit der Völkerkunde Herodots, mit Thukydides und seiner Trennung von Mythos und realen Begebenheiten,
dem großen Tacitus sowie mit allen bedeutenden Histori-
kern der Gegenwart. Wenn Gérard Roussel hinter der
Theke stand, gab er mit seinen Kenntnissen an, sagte, dass
die einzig wahre Geschichte im Ungesagten liege, in dem,
was niemals aufgeschrieben worden sei, was verborgen
bleibe und mit jedem einzelnen Individuum für immer
verloren gehe. Roussel hatte sich die Aufgaben eines Gast-
wirtes anders vorgestellt, dachte, er könne fortan seinen
Leidenschaften, dem Fischen und der Beschäftigung mit
Geschichte, nachgehen und lediglich abends ein paar
Stunden gesellig hinter der Theke stehen und den Gästen
zuhören. Aber das Leben eines Wirtes war, wie er feststel-

len musste, weitaus beschwerlicher. Er begann zu trinken, erzählte, er schreibe an einer Chronik des Urftlandes, einer Chronik, die sich zum großen Teil an den Erzählungen der Thekengäste orientieren würde. Kurz vor Ende seines Lebens sollen Tausende Manuskriptblätter existiert haben, die er jedoch im Delirium aus seinem Arbeitszimmer in den Fluss geworfen habe. Übrig geblieben waren nur einige naturgeschichtliche und anekdotische Fragmente, die seine Frau retten konnte. In dem naturhistorischen Konvolut berichtet Roussel, das Urftland sei vor vierhundert Millionen Jahren ein tropisches seichtes Kontinentalrandmeer gewesen mit blauen lauwarmen Lagunen, in denen Trilobiten, Seelilien, Korallen und Brachiopoden lebten. Als das Meer verschwunden war, blieben Kalk- und Sandsteinformationen sowie mineralische Sedimente zurück. Auf den kargen Böden gediehen nur Kiefern und Wacholder, aber es gab zahlreiche Erze und Mineralien, die über die Jahrhunderte hinweg abgebaut wurden und eine Zeit lang den Reichtum der Gegend begründeten.

Während der Hallstattkultur sei das Urftland der Kreuzungspunkt aller damals existierenden Straßen, Wege und Pfade gewesen.

Die Waldböden sind nach wie vor gespickt mit Pingen, in denen im Mittelalter nach Bleierz, Mangan, Galmei und Silber gegraben wurde. Die Ureinwohner des Urftlandes hatten einst nach Eisenstein und Blei gesucht. So war die Gegend im Laufe der Jahrhunderte von Stollen unterminiert worden. Bäche und sogar ganze Flüsse verschwanden in diesen Erdlöchern, flossen durch unterirdische Gänge und kamen sprudelnd wieder zum Vorschein, um schließlich den Stausee in der Nähe des Städtchens zu speisen.

Schon Roussel forschte nach den Dingen, die in der Tiefe dieses Gewässers zu finden sind. Zahlreiche seiner Fragmente handelten nur von den Gegenständen, die auf dem Grund im Schlamm liegen, von ihren Geschichten, die, sobald sie in der Erinnerung auftauchen, wieder unter der Oberfläche verschwinden.

Nach Roussel war die Eifel von einem engmaschigen Netz von Wasseradern, Bächen und Flüssen durchzogen; auf Keltisch bedeute Eifel Wasserland. Inmitten dieses Wasserlands liege Kall wie eine verlorene kleine Insel in einem riesigen Ozean. Während der Industrialisierung entstand eine große Zahl von Bergwerkssiedlungen; von überallher zogen Arbeiter mit ihren Familien ins Urftland. Die Erze wurden am Flussufer verhüttet, mit Ochsenkarren zum Bahnhof gebracht und von dort aus in die ganze Welt transportiert. Laut Roussels Chronik war Kall für einige Jahrzehnte ein in vielerlei Hinsicht bedeutender Ort gewesen. Die Bahnlinie stellte die Hauptverbindung nach Westen ins weite Frankreich dar. Tausende Arbeiter verdingten sich in den Erzgruben und verdienten gutes Geld. Sie zeugten Nachkommen, einige blieben in Kall und den Dörfern der Umgebung, die meisten aber verließen das Urftland, als sich die Ära des Bergbaus endgültig ihrem Ende zuneigte. Aus dieser glorreichen Zeit stammten die wenigen Villen und die mächtigen Alleebäume auf der Bahnhofstraße.

Die Grauköpfe erzählen, Gérard Roussel habe oft bis

zum Abend hinter der Theke gestanden, Bier gezapft, die Gäste und sich selbst reichlich bedient, dabei von seinen Forschungen zur Geschichte des Urftlandes berichtet. Früher hätten die Gaststätte Arimond und die Zehnermühle zusammengehört, sie seien Mittelpunkt und Ursprung Kalls, ja des ganzen Urftlandes gewesen. Roussel behauptete, die Geschichten trieben von dort den Fluss hinab über das Rauschen hinweg in den See, wo sie im Schlamm versänken. Zu fortgeschrittener Stunde löste Sanny ihren mittlerweile angetrunkenen Mann hinter der Theke ab. Er begab sich dann in sein Studierzimmer, von wo aus er auf den Fluss hinunterblickte und weiter an seiner Chronik arbeitete.

Der Name Call, später Kall, soll nach Roussel von Canales, dem römischen Bergmannsausdruck für Stollen, herrühren, eine andere Deutung bezieht sich auf das keltische Wort Callus, das schwarz oder dunkel heißt.

Kall und das Urftland waren im späten Mittelalter wegen reicher Eisen- und Bleivorkommen sehr begehrt und in mehrere Herrschaftsgebiete aufgeteilt. Auf der rechten Seite der Urft herrschten die Grafen von Jülich und die Herren von Dreiborn, auf der linken Flussseite, wo sich heute immer noch die Zehnermühle, die Gaststätte Arimond und das Wehr befinden, war das Herrschaftsgebiet Schleidens, das damals unter der Lehnshoheit des reichen Luxemburg stand, bis der Herzog von Luxemburg seinem Sohn, Philipp ll. von Spanien, im Jahre 1555 dieses Land übertrug. Damit fiel ein Teil des Urftlandes an Spanien und bildete für Jahrzehnte inmitten der Eifel eine spanisch verwaltete Insel, auch «Spanisches Ländchen» genannt.

Der erste in der Chronik erwähnte Arimond war der Sohn eines orientalischen Pferdehändlers gewesen, der sich nach den Napoleonischen Kriegen im Urftland niedergelassen hatte. Letztlich, las man in der Chronik, seien die meisten Einwohner Kalls aus der Familie Arimond hervorgegangen.

Um 1840 verband sich der älteste Sohn mit einer Tochter der Familie Montije, die sich um 1821 im Urftland angesiedelt hatte. Später eröffnete einer dieser Nachfahren, ein Musiker, die Gastwirtschaft am Fluss und heiratete die Tochter des Mühlenbetreibers Zehner. Bei einem ihrer Kinder trat zum ersten Mal eine äußerst seltene und rätselhafte – wie man heute weiß –, genetisch bedingte Krankheit auf. Der Junge war in der Lage zu schreiben, ohne jemals ein Wort dessen, was er geschrieben hatte, lesen zu können. Der zweite Sohn, Ambrosius, wurde ein bedeutender Ornithologe und weltreisender Forscher.

Roussel erzählt von einem Egidius Arimond. Er habe in den Siebzigerjahren des 19. Jahrhunderts gelebt, sei ein Sohn Monas, der Tochter des alten Montije, gewesen. Niemand wusste zu sagen, wer Egidius' leiblicher Vater war, noch nicht einmal Mona selbst. Egidius lernte nie richtig sprechen, war aber in der Lage, Vogelstimmen nachzuahmen, und auch er schrieb unablässig, ohne sich des Inhalts seiner Texte bewusst zu sein. Er schien in längst vergangenen Zeiten zu leben.

Im Laufe des Abends hatten sich die üblichen Gäste im Wirtshaus eingefunden. Müde von der Arbeit im Zementwerk oder auf den Feldern, tranken sie dumpf vor sich hin, knobelten oder unterhielten sich. Roussel saß inzwischen an seinem Schreibtisch in der Kammer über der Wirtschaft, belauschte die Thekenhocker durch ein geheimes Schallrohr und hoffte so, Geschichten zu erfahren, die sie ihm verheimlichten. Eine große Rolle spielte in ihren Gesprächen der Stausee: So redeten sie von einem Mann, der ein Jagdgewehr, mit dem ein Mensch erschossen worden war, im See entsorgt hatte, von Ruth Plission, die an seinem Ufer das letzte Mal vor ihrem Verschwinden gesehen worden sei, und davon, wie man nach dem Krieg die verbrecherische Vergangenheit einfach im See versenkt hatte; sie sprachen vom Brand der Synagoge an der Gemünder Straße, dem Schicksal der Juden, die, zumeist kleine Geschäftsleute, Handwerker und Viehhändler, verraten und deportiert worden waren; die Gäste hatten Angst, dass die Namen der Verantwortlichen in seiner Chronik publik würden. Zehner, Delamot, Huppertz, Braden, der alte Caspary, Lünebach, Vincentini, Laux und viele andere saßen Abend für Abend bei Roussel, ebenso Kleenbeen, der als ständiger Gast ein Hotelzimmer bei ihm bewohnte. Meist trug er einen Anzug, ein weißes Nylonhemd, das am Kragen gelb vom Schweiß war und fusselte; er hatte einen fast kahlen Schädel, auf dem hier und da einzelne Haare abstanden, sehr kurze Beine, nur einen Arm und war ein notorischer Säufer. Je mehr er trank, umso höher erschien ihm sein Hocker, als habe er Stelzen mit einer geheimen Hydraulik, die ihn immer weiter nach oben schraubte. Irgendwann fühlte er sich wie auf einem Elefantenrücken, von dem er auf Sannys Brüste hinunterblicken konnte. Er glaubte, durch beharrliches Weitertrinken irgendwann eine Leichtigkeit zu erreichen, die ihn herabschweben ließe, bis er schließlich in ihrem Busen versinken würde. Tatsächlich aber stürzte er irgendwann vom Hocker.

Ein mit ‹Letztes Kapitel› überschriebenes Fragment handelte von der Entstehung des großen Senklochs, wie es sich schließlich mit Wasser füllte, von dem Labyrinth aus Stollen und den riesigen Seen unter dem Urftland, einem Grubengas, das Halluzinationen hervorrufen soll, von all den seltsamen Vorkommnissen, die man sich an der Theke erzählte, von Jungen, die im heißen Sommer des Jahres 1967 zum Krähenloch aufbrachen, um Strohwangs Schatz zu suchen.

Sandhalden und Silberbarren

Evros hat die am Wehr gelegene Gaststätte in den Siebzigerjahren von Roussel und Sanny Arimond gekauft.
Roussel hatte in den letzten Jahren nur noch gesoffen
und vorgegeben, an seiner Chronik des Urftlandes zu
schreiben. Nachdem er pleitegegangen war und schließen musste, waren die ehemaligen Gasträume lange leer
gestanden, bis Evros sie schließlich wiedereröffnet hatte.
Er ließ die Terrasse am Fluss erneuern und die Hotelzimmer renovieren. Für den Keller reichte das Geld
nicht mehr, dort ist alles so geblieben wie zuvor. Die
Grauköpfe kehren, seit Evros die Kneipe führt, nur noch
selten dort ein. Das hängt nicht mit Evros zusammen, die
Zeiten haben sich geändert. Die alten Männer hatten bei
Roussel Skat und Kicker gespielt und dort nach jedem
Fußballspiel ihre Siege gefeiert. Oben auf der Vitrine
hinter Evros' Theke stehen verstaubte Pokale und Wim-
pel aus dieser Zeit, an der Wand hängen Fotografien von
Mannschaften, auf denen die Grauköpfe als junge Männer, noch in den weinroten Trikots des FC, zu bewundern
sind.

In der Cafeteria zu sitzen, ist für die Alten mittlerweile
interessanter und bequemer, als bei Evros zu hocken, zu
trinken und dem Rauschen des Flusses und dem Dauerge-
rede Zehners zuzuhören. In der Gaststätte steht ein rostiger Kicker, an dem der junge Leo Arimond früher mit
Kleenbeen gespielt hat. Niemand konnte gegen ihn gewinnen, obwohl er nur eine Hand hatte. Den linken Arm
hatte er im Krieg verloren, als er so betrunken gewesen

war, dass er vergessen hatte, die entsicherte Handgranate auf eine feindliche Stellung zu werfen. Trotzdem hatte er einen Orden und eine Invalidenrente bekommen, von der er sich seither bei Evros betrank. Es ist, als würde diese Gaststätte alle Geschichten aufbewahren, als würden sie an den vergilbten Tapeten kleben, an den abgetretenen Fußböden, auf den Resopaltischplatten oder in den Neonröhren über der Theke glimmen, als würde man die Geschichten beim Eintreten einatmen, im gleichen Moment, da man am Eingang den Vorhang zur Seite schiebt und Zehners Gerede anhebt … *sööke, wo et Sonneleeht entspröngk, unn ze kicke unn ze staune, wenn me uss em düstere Bösch sich dä Stäerne nähert, Bööm, Holz, Brett fürm Kopp, unn ne Balke em ejene Ooch, unn över sich die Stäerne, ohne Ahnfang unn ohne Engk … Schlieve jedraare, konzentrisch doher en Hallefkreese, die sich aneneenföje, berschaff, berschaff en lange Schlööpe, unn dann wedde langsam de Bersch eropp över Bääch unn Flüsse unn Ström ent jleeßende Leeht, iewig hell unn et spejelet, Sänfte, jedraare vorbei am Fluss, Fürste unn Sultane unn Jrave, jedraare vam unsichtbare Fooßvolk, en lange Schlievejedraare, konzentrisch doher en Hallefkreese, die sich aneneenföje, berschaff, berschaff en lange Schlööpe, unn dann wedde langsam de Bersch eropp över Bääch unn Flüsse unn Ström ent jleeßende Leeht, iewig hell unn et spejelet sich em Fluss unn flimmert und schimmert … wattmömm Fluss jeeht unn fleeß unn lövv, em Fluss, mömm Fluss, in Fluss, do wohr Lövve drenn en jedem Momang unn jede Moment sooch anders uss, unn mir hann all jelövv, jeliebt, oss all jeliebt, an Liebe jelabt wie ongedä Zitze von dä Köhunn der Knospe von dä Bööm, wäje der schöne Knospe, su schöne Knospe, su wunder-, wunder-*

schöne ... Wörter bewegen sich wie Staub in Sonnenstrahlen, berühren sich, und es ist, als flüsterten die Stimmen aller Gäste, die jemals in der Kneipe getrunken haben, ununterbrochen durcheinander. Durchreisende, die in den kleinen Zimmern mit ihren Balkonen über dem Wehr übernachtet haben, Sommerfrischler, Bauarbeiter, Liebespaare, Angler aus Belgien und den Niederlanden. An den Wänden hängen Fotos, auf denen sie stolz ihren Fang präsentieren. Caspary, aber auch Vincentini und Albert sitzen abends an der Theke. Manchmal, nach langen Bürostunden in der Kanzlei, erscheint Dr. Hillarius. Die Kneipe ist bereits von Zigarren- und Zigarettenqualm vernebelt, es riecht nach abgestandenem Bier. Wenn es still ist und selbst Zehner ausnahmsweise nicht brabbelt, kann man hören, wie die Urft übers Wehr hinunterstürzt und fortrauscht, wie der Fluss glucksend an der Grundmauer des Hauses vorbeifließt. Seit Paul wieder in Kall lebt, sitzt auch er oft bei Evros, wo er mit Zehner, Vincentini und Albert die ganze Nacht hindurch bis zum frühen Morgen knobelt und trinkt. Will er in die Kneipe, muss er Evros bitten, ihm eine kleine Rampe aus Brettern hinzulegen, damit er die Treppe hinaufkommt. Mit Anlauf fährt er den Bürgersteig hinunter und mit dem gewonnenen Schwung die Rampe hinauf. Wenn es ihm nicht gelingt, rechtzeitig oben auf der kleinen Plattform zu stoppen, fällt er auf der anderen Seite die Treppe hinunter und landet vor Evros' Garageneinfahrt. Stürze machen Paul nichts aus, weil er wegen der Schmerzmittel ohnehin nichts spürt.

Während Evros im Keller seiner Gaststätte Flaschen in

Kästen sortiert, wird Zehner an der Theke wach. Er schimpft mit Personen, die nur er sieht, redet vom längst verstorbenen Roussel, von einem Loch im Bierkeller, das zu einem unterirdischen Labyrinth aus Gängen führt. Die meisten der Zugänge sind vor langer Zeit zugeschüttet worden. Zehner behauptet, Roussel habe im Keller gehockt und dem Fluss gelauscht, der an der Mauer der Gaststätte vorbeifließt. Dann redet er wieder vom Schatz, der nach wie vor irgendwo im Krähenloch verborgen sei. Es kursieren die unterschiedlichsten Geschichten über Strohwang, niemand weiß, was man glauben kann. Viele Jahre hat er im Zementwerk an den Gesteinsmühlen gearbeitet. Die Grauköpfe behaupten, alle, die längere Zeit an den Mühlen tätig gewesen sind, seien irgendwann vom Krach meschugge geworden und hätten verrückte Vorstellungen entwickelt. So hauste Strohwang nach seiner Pensionierung in einem Bauwagen im Bergschadensgebiet, wo er nach dem Stollen suchte, in dem er den Silberschatz vermutete. Er hatte ein riesiges Areal voller giftiger bleisandhaltiger Erde durchwühlt. Er veräußerte schließlich sein Haus und kaufte mit diesem Geld der Bergwerksgesellschaft wertloses Land ab, auf dem er den Schatz zu finden glaubte. Mit einer Seilwinde ließ er sich auf die Sohle eines fünfzig Meter tiefen Schachtes hinab. Darunter sollte sich ein weit verzweigtes Stollensystem befinden, Höhlen, die zumeist in fußballfeldgroße Grotten mündeten und Namen wie Elefantenkopf oder Krähenloch trugen. In diesen Grotten war Blei abgebaut worden; dabei hatte man auch Silberanteile gefunden, die von der Bergwerksgesellschaft zu Barren eingeschmolzen worden waren. Bei dem spektakulären Raub des Lohngeldes waren auch sie erbeutet worden. Angeblich hatten die Diebe, wohl Bergleute, den Silberschatz auf ihrer Flucht vor den Gendarmen in einem Stollen versteckt. Zwei der Flüchtigen wurden erschossen, ein Dritter stürzte einen Abhang hinab, dem Vierten gelang es, mit seinem Anteil zu entkommen. Jahrzehnte später, als das Bergwerk und die Gruben längst geschlossen und alle Eingänge gesprengt worden waren, sich fast niemand mehr an den Diebstahl erinnerte, hatte die Urenkelin eines Räubers einen Brief aus Brasilien an die Zeitung geschrieben, in dem sie behauptete, ihr Urgroßvater habe erst auf dem Sterbebett gebeichtet, den Raub begangen zu haben. Von Silberbarren wusste sie allerdings nichts zu berichten. Strohwang jedenfalls hatte sein Leben lang nach diesem Schatz gesucht. Als seine Frau ihn verlassen hatte, zog er sich ganz auf das elektrisch umzäunte Gelände in seinen Bauwagen zurück, das seine kläffenden Hunde bewachten. Bei seinem letzten Besuch in der Gaststätte war Strohwang euphorisch gewesen; er hatte eine alte Petroleumlampe entdeckt. Irgendwo im Labyrinth der Stollen, unter den bleiverseuchten Sandhalden, sollten die Silberbarren liegen. Die Diebe hätten das Silber in einem der Schächte versteckt, hätten den Zugang gesprengt und seien mit der restlichen Beute geflohen. Schwankend erläuterte Dr. Hillarius, wenn heute jemand den Schatz tatsächlich fände, gehörte er allein dem Finder, denn der Anspruch der Besitzer darauf sei lange verjährt.

Das Krähenloch lag mitten im Bergschadensgebiet, einem Ödland mit verseuchten Tümpeln, kleinen Seen und tückischen Hohlräumen. Nachdem die Bergwerke stillgelegt worden waren, versuchte man, die Gegend mit Gras und Büschen zu bepflanzen, aber die Versuche waren wenig erfolgreich. Der Wind wirbelte weiterhin Bleistaub auf, produzierte Windhosen und Sandstürme, die den Staub im ganzen Urftland verteilten. Roussel schrieb in seiner Chronik, der derzeitige Verfall der Heimat rühre, wie einst auch der Untergang des Römischen Reiches, nicht unwesentlich von den körperlichen und geistigen Defiziten der Menschen her, die unter Saturnismus litten. Zu erkennen sei die Krankheit an Mattigkeit, Blutarmut und Darmkoliken, an blassfahler Haut, dem schwarzblauen bis schiefergrauen Saum am Rande des Zahnfleischs. Am ersten Tag der Sommerferien waren einige Jungen zum Krähenloch aufgebrochen. Sie ließen sich auf einem selbst gebauten Floß aus Paletten und Kanistern flussabwärts treiben, durch eine Wildnis aus Abraumhalden und dichtem Gestrüpp. Überall hingen Schilder mit Totenköpfen und der Aufschrift ‹Vorsicht Lebensgefahr!›. Damals lebten in der Gegend noch wilde Hunde, Nachfahren von Strohwangs Wachhunden. Das Floß trieb langsam mit der Strömung flussabwärts, die Zweige der Uferbäume überspannten das Wasser mit dichtem Blattwerk, durch das nur hin und wieder vereinzelte Sonnenstrahlen drangen und die Wasseroberfläche erreichten, wo sie irisierende Farbenspiele erzeugten. Die

Jungen kamen an mit Efeu überwucherten Fördertürmen, Sinteranlagen und Mauerresten vorbei, auf die geheime Botschaften gesprüht waren. Manchmal verhakte sich ihr Floß in Zweigen und Treibholz oder lief auf eine Sandbank. Einer von ihnen musste dann ins Wasser springen, um es wieder flottzumachen. Sie kamen viel langsamer voran, als sie angenommen hatten. Hin und wieder sahen sie hinter den Birkenwäldern riesige rote Sandberge und felsige Klüfte, über die dichte Staubwolken wehten. Um die Mittagszeit hörten sie einen Zug über eine Brücke rattern. Sie zogen das Floß ans Ufer und aßen von ihren Vorräten. Dann fuhren sie weiter in der nun schneller fließenden Strömung. Sie sahen Eisvögel, rubinfarbene Prachtlibellen, hörten Wasseramseln singen. Als es Abend wurde, gingen sie an Land, machten ein Lagerfeuer am Ufer, aßen und tranken ausgiebig. Da sie nicht einschlafen konnten, erzählten sie sich zum x-ten Mal, was sie über Strohwangs Schatz gehört hatten. Überm Wasser hingen seidene Spinnweben; sie hörten Strohwangs Hunde in der Ferne den Mond anbellen, legten sich eng aneinander und schliefen schließlich zusammengerollt im Moos ein. Am Morgen erwachten sie frierend im Nieselregen und setzten ihre Fahrt fort. Um die Mittagszeit war der Himmel wieder strahlend blau und ihre Kleidung trocken. Die Strömung wurde reißend, man musste mit Stangen gegensteuern, um nicht auf die Sandbänke aufzulaufen. Sie waren nicht mehr weit von der Stelle entfernt, wo sie an Land gehen wollten, um alten Bahngleisen bis zum Krähenloch zu folgen, genau so, wie es Roussel in seiner Chronik beschrieben hatte. Die

Gleise führten durch dichtes Gestrüpp, durch ein Gebiet aus Kieselstein- und Bleisandbergen. Am Krähenloch angekommen, kletterten sie über riesige Geröllhaufen in eine Grotte, verschwanden im Dunkel des Felsens, fanden einen Gang, der sie immer tiefer unter die Erde führte – in das weit verzweigte Stollenlabyrinth, das die Weite des Urftlandes durchzog und von dem Zehner und Roussel berichtet hatten. Einer der Freunde stürzte und verletzte sich am Fuß, sodass er zurückgelassen werden musste. Sie drangen immer tiefer in den Irrgarten der Stollen und Grotten ein, lagerten schließlich an einem unterirdischen See, wo Dämpfe aufstiegen, die euphorische Glücksgefühle und Halluzinationen auslösten; sie verloren all ihre Angst, vergaßen die Zeit und liefen immer weiter, bis sie sich auf der Sohle tief unter dem Stausee befanden. Hier stießen die Jungen, kurz bevor die Batterien ihrer Lampen leer waren, auf Strohwangs und Molitors Leichname, die an einer feuchten Felswand lehnten, neben ihnen Grubenlampen, Rucksäcke, Seile, kleine Kreuzhacken und eine Tabaksdose. Ihre Körper waren von einer Sulfanitlösung durchtränkt, die sie konserviert hatte; beide waren völlig unverwest. Ihre Gesichter, auf denen ein Lächeln zu liegen schien, und ihr Alter waren gut zu erkennen; sie sahen aus, als wären sie erst vor Stunden hier eingeschlummert, um sich nur kurz von ihrer Schatzsuche auszuruhen.

Zehner ist verstummt und mit dem Kopf auf der Theke eingeschlafen, seine Kappe ins Spülbecken gerutscht. Evros fischt sie heraus und legt sie zum Trocknen auf die

Heizung. Er hat gerade im Keller eine Metallkiste gefunden, die mit einer klebrigen Bitumenmasse beschmiert ist, um ihren Inhalt vor eindringender Feuchtigkeit zu schützen. Er stellt die Kiste auf die Theke und öffnet sie vorsichtig. Darin liegen vergilbte Ansichtskarten mit Abbildungen von den Dörfern des Urftlandes, Bergwerkskarten mit dem Eingang zum Krähenlochstollen, ein Packen Kassenbücher, in die Roussel Namen von Bergarbeitern, Bauern, Zementwerkern, Lastwagenfahrern und Bahnbediensteten notiert hat, Anekdoten, die an der Theke erzählt worden sind, Bierdeckel mit dem Verzehr säumiger Trinker, ein Strich für jedes gesoffene Bier, ein X für jeden gekippten Schnaps. Zechen, die niemals bezahlt wurden, von Schuldnern, die längst auf dem Friedhof in ihren Särgen vermodert sind.

Evros genehmigt sich morgens einen Kaffee, trinkt ihn genüsslich aus, zupft an seinem Ziegenbart und schaut dabei nach draußen auf den Parkplatz. Er hat soeben Spirituosen für seine Gaststätte gekauft. Markenschnäpse sind im Supermarkt günstiger als im Großhandel.

Der Autoschlosser hat krause Haare, ein schiefes Gesicht mit vorstehenden Backenknochen, Altersflecken an den schmutzigen Händen und trägt einen mit Öl und Schmiere übersäten Overall. Durch seine Hornbrille schaut er auf seine Arbeitsschuhe und hört aufmerksam dem Gerede der Grauköpfe zu, die fast alle Kunden seiner Werkstatt sind. Erst vor wenigen Tagen hat einer von ihnen einen neuen Wagen bestellt; er hatte klammheimlich sein Seegrundstück für viel Geld an Caspary verkauft, die anderen, die es eben erst erfahren haben, empören sich lautstark, obwohl sie selbst schon einen Verkauf erwogen, aber bis jetzt den Mut dazu nicht gefunden haben. Der Mann im Overall ist aufgestanden, lässt seine Kunden wissen, dass er nächstes Jahr in Rente gehen werde; dann würde er wie sie den ganzen Tag rumsitzen und große Reden halten. «Da musst du aber gut lügen können», ruft ihm einer der alten Männer zu.

Am Nachmittag kommt Dr. Hillarius; er blickt sich ängstlich um, seine linke Schulter, die etwas höher steht und an den Balken einer nicht austarierten Waage erinnert, zuckt unkontrolliert. Er hat ein rundes Gesicht, einen kleinen Schnauzbart. Sein Erscheinen wird von den Alten mit den neuesten Gerüchten kommentiert; er habe einige seiner Klienten um Geld betrogen und sei von diesen angezeigt worden. Seine Frau habe ihn verlassen und wohne mit den Kindern bei ihrem Bruder in Köln. Hillarius kommt meist aus seinem Büro, um eine Pause vom Studium der Akten zu machen. Er ist ein korpulenter Mann, der anfängt zu stottern, wenn man ihm in die Augen sieht. Seine Eltern waren nach dem Krieg aus dem Osten geflüchtet und hatten sich im Urftland niedergelassen. Sein Vater ist noch Knecht auf einem der Siedlungshöfe gewesen. Hillarius hat als einziges seiner sechs Geschwister Abitur gemacht und studiert. Nach dem Studium ist er nach Kall zurückgekehrt und hat die Kanzlei Menges in der Bahnhofstraße übernommen. Leider läuft sie schlecht, wie die Alten wissen; Hillarius lebt auch auf zu großem Fuß, hat sogar ein kleines Sportflugzeug auf der Binz stehen, mit dem er manchmal über dem Urftland seine Kreise zieht. Die Alten meinen, er sei zu oft bei Evros an der Theke. Vincentini redet nicht mehr mit Hillarius, seit dieser ihn vor Gericht gegen die Ärzteschaft vertreten hatte. Eine Frau hatte Vincentini wegen Körperverletzung angezeigt. Sie hatte zu Protokoll gegeben, die Behandlung mit dem Perseus habe bei ihr sexuelle Fantasien hervorgerufen, denen sie nicht habe widerstehen können, weshalb sich ihr Ehemann von ihr getrennt habe. Hillarius stotterte bei der Verhandlung nur lateinische Begriffe, die er selbst nicht zu verstehen schien. Die Richterin forderte ihn auf, beim Thema zu bleiben, woraufhin er völlig verstummte, nach Luft schnappte und sich Schweiß von der Stirn tupfte. Schließlich wollte Vincentini die Harmlosigkeit des Geräts an der Richterin demonstrieren, wurde zur Ordnung gerufen und prügelte sich daraufhin mit dem Gerichtsdiener, was dazu führte, dass die letzten noch einwandfrei funktionierenden Geräte konfisziert wurden.

Am späten Nachmittag betritt eine junge Frau mit Rastalocken das Café; ein Silberperlchen glänzt über dem rechten Mundwinkel. Sie setzt sich zu ihrer Freundin an den Tisch und erzählt, dass sie zuletzt in Australien gelebt, ihr Geld mit Kellnern und Putzen, später mit Deutschunterricht verdient habe. Ein Jahr lang sei sie mit einem Australier verheiratet gewesen. «Es hat nicht richtig gepasst zwischen uns.» Als ihre Freundin auch von ihrer Ehe erzählt, erwidert sie: «Das werde ich mir nie mehr antun», verzieht dabei ihren Mund und blickt nach draußen auf den Parkplatz, wo Autos ankommen und abfahren und die Leute geschäftig umherlaufen. Sie stellt sich jetzt vor, im Café eines Supermarkts irgendwo auf der Welt zu sitzen, nicht ausgerechnet hier, wo ihre Mutter als Verkäuferin gearbeitet hat. Sie ist abends erschöpft und mit dicken, schmerzenden Beinen nach Hause gekommen und vor dem Fernseher auf der Couch eingeschlafen.

Ein Angestellter schiebt die Einkaufswagen zum Stellplatz, leert Abfalleimer. Später pickt er mit einem Greifstock Plastiktüten, Papierfetzen und Pappbecher zwischen den geparkten Autos auf; besondere Mühe bereiten ihm in letzter Zeit kleine weiße Zettelchen, die er mit seinem Stock kaum greifen kann. Die alten Männer eilen an ihm vorbei zu ihren Autos. Ein Zug kommt an. Es hat zu nieseln begonnen.

Manchmal setzt sich Nina zu Herrn Vallentin. Ihm gefällt das Mädchen, auch wenn sie etwas eigentümlich ist und ihm allzu offenherzig seltsame Dinge erzählt. Er fragt sich, ob sie all dies auch in ihre Heftchen schreibt oder ob das, was sie beobachtet, vielleicht aus einer ganz anderen Welt stammt. Sie hat ihm von ihrem Großvater erzählt, seinen Heiligenbildern und Figuren aus Banneux und Xanten, von einer Monstranz, bestehend aus winzigen zusammengelöteten Schräubchen, Mütterchen und Unterlegscheibchen, die ihr Großvater oben in seiner Höhle im Sandstein aufbewahrte. Er habe immer dort gesessen, mit Stimmen geredet, die aus dem tiefen Inneren der Grotte gedrungen und nur für ihn zu hören gewesen seien. «Dort, wo die Uferschwalben ihre Nester haben», sagt Nina, «steht die Monstranz auf einem Felsabsatz; in ihr Fenster hat Großvater sein glänzendes Auge eingefasst und schaut auf uns.» Während das Mädchen redet, nähert sich die Sozialarbeiterin über den Parkplatz dem Eingang. Herr Vallentin beobachtet sie manchmal, wenn sie mit ihren Klienten spricht; auch er kann die Frau nicht leiden. Als Nina die Sozialarbeiterin entdeckt, kriecht sie schnell unter den Tisch, harrt, in ihr Heft kritzelnd, so lange zwischen seinen Beinen aus, bis die Frau verschwunden ist.

Am nächsten Tag ist um die Mittagszeit kein Platz in der Cafeteria mehr frei. Die Grauköpfe sitzen dicht gedrängt an ihren Tischen unter dem Spiegel, lästern und spotten mit knittrigen, schmallippigen Mündern über Leute, die gerade in den Supermarkt gehen und hinter den Regalen verschwinden. Einer mit einer blassroten Kappe verbirgt seine Hände in den Hosentaschen; ein anderer hat Lippen wie dünn gezogene Striche, wieder ein anderer kneift nervös die Augen zusammen, ein weiterer hat ein vernarbtes Gesicht, abstehende Ohren, Lippen wie ein Barsch und Augen, die in verschiedene Richtungen blicken.

Sie beobachten, wie Mimie an den Verkäuferinnen vorbeistolziert; sie bildet sich immer noch etwas darauf ein, dass ihr Großvater einmal Landrat war. Sie hatte eine Zeit lang in der Praxis ihres Mannes mitgearbeitet, der immer meinte, etwas Besonderes zu sein, ein Schöntuer, genau wie Eugen Molitor.

Ein paar Angestellte trinken noch schnell einen Espresso, zahlen, eilen zurück in ihre Büros.

An einem der Tische sitzen Arbeiter in Overalls mit Arm- und Beinprotektoren, neben ihnen auf dem Boden liegen Motorsägen, Schutzhelme und Arbeitshandschuhe. Die Männer haben vom Wind gerötete Gesichter, verschlingen ihr Essen, schimpfen dabei über die Arbeit an Bahndamm und Stausee. Die Alten vermuten, dass sie den Pfad, der bis zur Staumauer hinaufführt, frei schneiden. «Wurde auch Zeit, die Äste schlagen einem beim Vorbeigehen dauernd ins Gesicht. Die Gemeinde kümmert sich um nichts, hat wohl kein Geld mehr», meckern sie. «Wenn die da schon solche Schwierigkeiten haben, wie wollen die dann den Stausee schaffen?»

Zwei sind nach draußen auf die Terrasse gegangen, zünden sich Zigaretten an und blasen den Rauch in die kalte Luft. Gewerbeschüler trotten an ihnen vorbei, kürzen den Weg von der Schule zum Bahnhof über den Parkplatz ab. An einem anderen Tisch blicken Schüler vom Berufskolleg auf ihre Smartphones und unterhalten sich.

Als am Nachmittag etwas Ruhe eingekehrt ist, telefoniert Otti mit Lydia. «Meinst du, Paul gibt sich tatsächlich mit dieser verrückten Nina ab?», fragt Lydia. Sie kennt das Mädchen noch aus ihrer Zeit in Kall. «So schlimm ist die doch gar nicht», antwortet Otti. «So hab ich es nicht gemeint, ich weiß, du hattest immer ein Faible für die Kleine.» «So klein ist die nicht mehr, du solltest sie mal sehen.» «Meinst du, ich soll Paul anrufen und fragen, ob ich ihn besuchen kann?» Lydia fängt wieder an zu weinen, und die Alten hören zu, wie Otti versucht, ihre Freundin zu trösten.

Später schaut Nina vorbei; Otti stellt ihr eine große Tasse Kaffee mit geschäumter Milch auf den Tisch, zwinkert ihr zu und fragt, ob sie viel zu tun habe. Nina ist froh, wenn sie beschäftigt ist; sie läuft gerne durch den Ort und verteilt dabei Prospekte und Anzeigenblättchen. Ihre Umhängetasche ist vollgestopft mit Reklamezetteln des Supermarkts. Der Marktleiter lässt sie am liebsten von Nina verteilen, weil er weiß, dass er sich bei ihr darauf verlassen kann, dass die Reklame nicht in einem Straßengraben landet oder irgendwo verbrannt wird. Otti warnt Nina, die Frau vom Sozialamt habe wieder nach ihr gefragt. Sie sei anschließend in den Markt gegangen, um einzukaufen. Bestimmt werde sie gleich zurückkommen. Nina versteckt sich auf der Toilette, bis Otti ihr Bescheid gibt. «Sie hat gesagt, du sollst um achtzehn Uhr zu Hause sein. Wenn sie dich das nächste Mal nicht antrifft, wird sie dich in ein Heim einweisen lassen.» Otti setzt sich zu Nina, versucht ihr zu erklären, dass es so nicht weitergehen könne, sie dürfe nicht immer vor der Frau weglaufen.

Nina trägt den ganzen Nachmittag Werbezettel aus. Als sie nach Hause kommt, sitzt die Sozialarbeiterin bereits mit ihrer Handtasche auf dem Schoß am Küchentisch und wartet. Sie hat die Schränke durchwühlt, sogar unter der Matratze nachgesehen, in der Überzeugung, Drogen zu finden. Sie fragt Nina, ob sie so enden wolle wie ihr Bruder. Als Nina nicht antwortet, steht sie auf, packt sie am Arm, zerrt sie durch die Wohnung, schimpft, es sei überall dreckig und unordentlich, bestimmt habe sie seit Wochen nicht geputzt und gespült. Sie zerrt sie an ihren Haaren, schüttelt sie, sagt ihr, sie solle sich ausziehen und duschen. Danach streicht sie ihr durch die nassen Haare und über die Wange. Das Mädchen steht weinend vor der Frau, die sie prüfend ansieht, schließlich berührt und schmeichelnd sagt, sie wäre so hübsch, wenn sie sich nur nicht überall kratzen würde. Sie versichert, nur das Beste für sie zu wollen. Wenn sie aber nicht mache, was sie ihr auftrage, müsse sie veranlassen, dass sie in ein Heim kommt.

Am nächsten Morgen erzählen die Grauköpfe wieder ihre Geschichten, in denen sich selbst das zukünftige Leben in der Vergangenheit abzuspielen scheint. Sie sind mit jedem, der den Supermarkt betritt, über eine oder mehrere Ecken verwandt oder bekannt. Mit manchen ihrer Verwandten reden sie allerdings seit Jahren nicht mehr, weil sie sich zerstritten haben, aus Gründen, die sie längst nicht mehr wissen. Die Alten kennen immer jemanden, der jemanden kennt: Brüder und Schwestern, Schwager, Cousinen, Schwägerinnen, Enkelinnen, Groß- und Urenkel, die

Tochter einer Cousine oder Freunde von Freunden, Stiefsöhne und Söhne von Bekannten, Tanten, Nichten und Neffen, Großnichten ersten und zweiten Grades, Onkel dritten Grades, Halbgeschwister, möglicherweise die Frau des Freundes eines Bekannten, den Sohn oder die Tochter einer früheren Geliebten, die Kinder von Großonkeln und -tanten, Adoptivkinder eines Bekannten, Kinder von Freunden oder Arbeitskollegen, Nachbarn und Bekannte, Zugezogene oder welche, die nach langer Zeit nach Kall oder in ein Dorf des Urftlandes zurückkehren, weil aus der Familie jemand einen runden Geburtstag feiert, heiratet, geboren oder gestorben ist. Sie können über alles, jedes Haus und jede Familie in Kall und im Urftland Geschichten erzählen. In ihren Köpfen setzt sich die Gegend wie ein kompliziertes Puzzle aus weitverzweigten Verwandtschaften und geheimen Beziehungen zusammen.

Sie sprechen gerade über ihren Kumpel Darius Plission, der oft mit seinen Enkelkindern in einem Faltboot den Fluss hinuntergefahren ist. Er hat davon geträumt, so die ganze Welt zu bereisen. Als Kriegsgefangener ist er in Sibirien gewesen, wo er ein Auge verloren hat. Zurück in Kall, hat er die Eisenwarenhandlung seiner Eltern übernommen. Auf der Suche nach einer Frau ist er in der Nachkriegszeit in seinem Opel Kapitän zu allen Tanzbällen in den Dörfern des Urftlandes gefahren. Sie erzählen, Jahre nach dem Verschwinden von Ninas Bruder habe man in der Krone einer Erle am Flussufer Reste seines Faltboots und eine nautische Karte mit den Flüssen und Ozeanen der ganzen Erde gefunden, in die jemand akribisch eine Reiseroute eingezeichnet hatte. Gregor sei für tot erklärt worden, obwohl seine Leiche niemals gefunden worden sei. Darius habe die Sachen in eine Sandsteinhöhle hinter seinem Haus gebracht. Von da an sei er nicht mehr zu ihnen gekommen. Er habe zu trinken begonnen. Zuletzt habe er alles, was er besaß, in diese Höhle geschleppt. Oft habe er den ganzen Tag in dem Loch im Fels zugebracht, über den Bahnhof und den Supermarkt hinweg zum Stiftsberg hinübergesehen, zu einer der schönen alten Villen, dorthin, wo Sophia Molitor wohnt.

Küstennähe

Manchmal erinnerte sich Nina an ihre Kindheit, an die Zeit, bevor ihre Mutter sie zu ihren Großeltern nach Kall gebracht hatte; sie schloss die Augen und hörte ihre Mutter Violine spielen, sah ihre Turnschuhe auf dem Asphalt. Als sie klein war, wohnten sie in einem Hochhaus am Stadtrand von Hamburg. Ihre Mutter spielte in der Fußgängerzone und verdiente damit ihren Lebensunterhalt. Oft saß Nina mit Gregor zu ihren Füßen auf einer Decke. Abends kauften sie gemeinsam ein, fuhren zu ihrer Wohnung. Nina sah sich in dem engen Fahrstuhl, der sie bis ins oberste Stockwerk brachte. Auf den Armen ihrer Mutter hatte sie vom Balkon aus in die weite Welt geblickt, die Menschen waren klein wie Ameisen gewesen. Gregor las ihr aus Büchern vor, von Thor Heyerdahl und Hannes Lindemann, Alain Bombard und anderen, die mit ihren Booten ganz allein den Ozean überquert hatten. Er wollte ihnen nacheifern und ebenso berühmt werden. Fragte Nina, wo denn ihre Mutter sei, hatten Gregor und ihr Großvater immer nur geantwortet, sie habe eine Stelle auf einem großen Schiff angenommen; aus diesem Grund lebten sie jetzt bei den Großeltern. Nina erinnert sich genau an die Zugfahrt nach Kall; sie konnte damals noch nicht richtig laufen, war in allem langsam wie eine Schnecke, auch beim Sprechen und Denken. Sie tapste unbeholfen durch den Zug, fiel immer wieder hin, weinte und war schließlich in den Armen ihrer Mutter eingeschlafen. Sie erinnerte sich an das Klingeln der Glocke über der Tür zur Eisenhandlung ihrer Großeltern. Im Laden hatte es nach Maschinenfett, Ruß und Ölpapier, nach der Kernseife der Großmutter gerochen, die, als die Glocke angeschlagen hatte, hinter der Ladentheke erschienen war, eine Frau in einem Arbeitskittel, die Haare ordentlich hochgesteckt, das Gesicht voller spinnwebdünner Äderchen, die Lippen fest zusammengekniffen. «Keine Angst, ich fall euch schon nicht zur Last, ich bleib nicht lange», hatte ihre Mutter gesagt.

Nina stellte sich vor, ihr Bruder beginne nun seine Reise über den Atlantik, habe noch in der Dämmerung sein Boot an der Hafenmole in Punta del Roque klargemacht, die letzten Sachen verstaut. Sein Logbuch habe er in einen wasserdichten, schwimmfähigen Beutel gesteckt, die Harpune an der Steuerbordseite befestigt und die Spritzdecke nochmals überprüft, da sie bei seinen Testfahrten in Küstennähe immer wieder undicht gewesen wäre. Sie träumte sich an seine Stelle, paddelte los, fuhr an kleinen Fischerbooten vorbei, setzte bald das vordere Treibsegel und verließ den Hafen. Silbermöwen und Seeschwalben flogen dicht über dem kabbelnden Wasser. Sie setzte die großen Segel, denn der Nordostpassat blies nun kräftig, vom Land hörte sie das Hupen der Autos und das Dröhnen von Motoren. In den Dünen nahm sie noch die farbigen Flecken angelandeter Boote und die Schemen umherlaufender Menschen wahr, weit hinten war die Kathedrale von Las Palmas zu sehen. Windböen warfen immer wieder Wellen hoch, die laut aufs Gummideck klatschten; sie nutzte die Strömung, steuerte auf die offene See hinaus und verschwand schließlich als kleiner Punkt am Horizont.

Einer der Grauköpfe steht noch an der Bäckereitheke, wird bereits erwartet, nimmt gerade seinen Espresso entgegen, den er auf den Cent genau bezahlt. Die Zeit der großzügigen Trinkgelder ist vorbei, seit er seinen Malerbetrieb schließen musste. Ein Kunde hatte Rechnungen nicht bezahlt, und der Alte war dadurch in Schwierigkeiten geraten. Raimund Molitor, der stellvertretende Sparkassenleiter, hatte ihm eine Verlängerung der Kredite verweigert. Daraufhin konnte er seinen Angestellten keinen Lohn mehr auszahlen und musste Aufträge ablehnen, die seinen Betrieb hätten retten können. Wenn seine Frau einkaufen geht, gesellt er sich gern zu den Alten, um zu hören, was es Neues gibt. Er ist ein zurückhaltender Mann mit einem grauen Schnauzbärtchen, einer schief stehenden Unterlippe, verursacht durch einen Schlaganfall, den er vor einigen Jahren erlitten hat. Er äußert sich meist bedächtig, nur wenn die Rede auf Sophias Sohn, Raimund Molitor, kommt, verliert er die Fassung und versteigt sich zu Beschimpfungen, die darin gipfeln, dass er Raimund einen ebenso rücksichtslosen Egoisten wie dessen Vater nennt, der auch nur auf seinen Vorteil bedacht gewesen sei. Mit dem Espresso in der Hand schlängelt er sich zwischen den Tischen hindurch zu seinem Stammplatz. Er trägt einen Anzug, dessen Hose von breiten Trägern mit silbernen Klipsen gehalten wird. Er sitzt neben einem Werksmeister, der immer eine Kappe mit der Aufschrift ‹Lafarge Zement› trägt. Ein anderer war Gemeindebeamter im mittleren Dienst und für die Liegenschaften des Urftlandes zuständig gewesen. Einer hat jahrelang als Bauschlosser im Zementwerk gearbeitet und war ebenso wie Lünebach lange auf Montage, um die Schulden für sein Haus abzutragen, für das er sein ganzes Leben geschuftet hat und das jetzt so gut wie nichts mehr wert ist, weil die Preise für Immobilien und Bauland in den letzten Jahren stark gefallen sind. Er hat lange weiße Wimpern, eine knollige, großporige Nase, die je nach Tageszeit in verschiedenen Blautönen schimmert; er flüstert nun etwas Gewichtiges in die Runde, um Beifall oder zumindest ein zustimmendes Nicken entgegengebracht zu bekommen.

Herr Vallentin sitzt abseits von ihnen und liest Zeitung. Wie jeden Tag trägt er auch heute Krawatte, Hemd und Jackett. Er grüßt die alten Männer höflich, setzt sich aber nicht zu ihnen. An diesem Morgen scheint der Staudamm wieder das beherrschende Thema zu sein. Er schnappt ein paar Worte vom Stausee auf, erinnert sich an die Zeit, als er mit seiner Frau dort schwimmen gewesen ist. Einmal hat sie mitten im See einen Krampf bekommen und ihre Schwimmflossen abstreifen müssen.

Wie man den Gesprächen der Alten entnehmen kann, haben Raimund und der Bauunternehmer Caspary ihre Pläne zur Vergrößerung des Sees am Vortag im Ratssaal der Gemeinde präsentiert; einige der Alten sind auf der überfüllten öffentlichen Sitzung des Bauausschusses gewesen. Man beabsichtigt, das gesamte Urfttal in ein Touristengebiet umzugestalten. Es ist, so die Alten, von einem großen Feriendorf am Ufer des Stausees die Rede, von einem Einkaufscenter sowie der Neueröffnung kleiner Geschäfte in der Bahnhofstraße, die wieder Leben in den

Ort bringen sollen. Kall soll aus seinem seit Jahrzehnten andauernden Dornröschenschlaf erwachen. Einige der alten Männer sind der Meinung, die Region könne nur davon profitieren, andere denken, wenn Caspary etwas in die Hand nehme, könne es eigentlich nur in einem Desaster enden – schließlich habe er schon mehrmals mit seinen Baufirmen Konkurs anmelden müssen.

Während die Grauköpfe sich drinnen unterhalten, steht einer von ihnen rauchend auf der Terrasse und wartet auf Mimie, die jeden Morgen um diese Zeit ihre Einkäufe erledigt. Der Nebel löst sich über den Sandsteinfelsen auf, der Himmel wird strahlend blau, als der Alte seine wie immer herausgeputzte Jugendliebe über den Parkplatz kommen sieht.

Zur gleichen Zeit fahren Vincentini und Albert mit der Pritsche über die Urftbrücke und biegen kurz dahinter auf den Parkplatz ein. Sie halten an der Brücke, wo die Böschung steil zum Fluss abfällt und ein Angestellter des Marktes gerade einige Einkaufswagen aus dem Wasser zieht. Vincentini setzt seine Lederkappe auf und wirft die Fahrertür hinter sich zu. Er trägt eine Latzhose mit einem Notizblock und einem Kugelschreiber in der Brusttasche, Albert trottet verschlafen neben ihm her. Von Alberts birnenförmigem Kopf stehen zottelige rote Haare ab; er hat einen struppigen Bart, um seinen Hals hängt eine Schnur mit einem Tresorschlüssel, über dessen Bewandtnis und tiefere Bedeutung die Alten lange gerätselt hatten. Als sie es herausgefunden hatten, machten sie sich über seine Naivität lustig. Albert rudert mit seinen langen Armen, bewegt sich so behäbig, als würde er durch tiefes Wasser waten.

Mimie tippelt an der Terrasse vorbei, lächelt dem alten Verehrer für eine halbe Sekunde vertraut zu. Eine Welle von Glückseligkeit spült Erinnerungen hoch. Mimie hat sich immer für etwas Besseres gehalten, jahrelang kein Wort mit ihm gesprochen, nachdem sie den Zahnarzt ins Kalkül gezogen, ihn umgarnt und schließlich geheiratet hatte. Erst kürzlich ist der Alte an Mimies Elternhaus vorbeigefahren, um das kleine verfallene Observatorium zwischen wuchernden Brombeer- und Himbeersträuchern wieder in Augenschein zu nehmen, in dem sie sich heimlich getroffen und zum ersten Mal geliebt hatten. Mimie eilt unterdessen zum Eingang, wechselt ein paar Worte mit dem Blumenhändler und verschwindet im Markt.

Vincentini macht einen für sein Alter behänden Satz über das Terrassengeländer, steht plötzlich vor dem noch in seinen Jugenderinnerungen schwelgenden Alten, grinst ihn an und fragt ein wenig keuchend, was es Neues gebe.

II
Dammkrone

Mansarde

Vincentini wohnte schon seit über zehn Jahren in Sophias Villa, in der geräumigen Dachwohnung, wo früher
ihr Sohn Raimund gelebt hatte. Mittlerweile errichtete
Vincentini mit Albert Gartenzäune, mähte Rasen und arbeitete hin und wieder für Casparys Baufirma. Er hatte
eines Tages unvermittelt vor Sophias Haustür gestanden
und nach einer leer stehenden Wohnung gefragt. Sie
hatte damals keine Annonce aufgegeben oder irgendwem
gegenüber erwähnt, vermieten zu wollen, sie hatte es nicht
nötig, kam mit ihrer Pension gut zurecht. Außerdem
wollte sie sich nicht mit fremden Leuten herumplagen wie
ihre Freundin Mimie, die sich immerzu über ihre Mieter
beklagte. Vincentini hatte damals behauptet, bei Evros
habe man ihm gesagt, sie vermiete eine Wohnung. «So,
so, das erzählt man sich dort also», meinte sie und lä-
chelte. Trotz seines Alters war Vincentini attraktiv, ein
Mann von der Sorte, wie sie Sophia bisher nicht gekannt
hatte, mit einer geheimnisvollen Aura, sodass ihr der Ge-
danke kam, vielleicht doch einiges im Leben versäumt zu
haben. Damals war er noch mit seinem Perseus übers
Land gefahren, doch die Zeit dieses Geräts schien sich ihrem Ende zuzuneigen. Er hatte große Probleme mit der
Ärzteschaft, die ihn gerade wegen Körperverletzung und
unerlaubter Ausübung eines Heilberufs angezeigt hatte.
Sophia hatte von ihm gehört, ihn aber noch nie gesehen.
Es gefiel ihr, wie galant er seine Lederkappe vom Kopf
zog, sie in seine Jackentasche steckte und sich dann mit
gespreizten Fingern durch die Haare fuhr. Er erinnerte sie

an einen ihrer Lieblingsschüler, auch wenn er selbst unmöglich in einer ihrer Klassen hätte gewesen sein können; dafür war er viel zu alt, er war eher Sophias Jahrgang, hätte mit ihr in einer Klassenstufe gewesen sein können. Aber er war in Belgien aufgewachsen und hatte nichts mit Bildungsanstalten, schon gar nicht mit höheren, zu tun gehabt. Vielleicht war der Schüler, mit dem sie ihn in Zusammenhang brachte, ein Sohn von ihm, dachte Sophia später manchmal, denn ihre Freundin Mimie erzählte, Vincentini habe überall in der Eifel Liebschaften. Jedes Mal, wenn sie zu Besuch kam, erkundigte sie sich beiläufig nach ihm, zog über ihn und seinen Kumpel Albert her, machte zweideutige Bemerkungen. Im Laufe der Jahre zeigte sich, dass es überhaupt keine Probleme gab. Sophia war sehr zufrieden mit ihrem Mieter und dessen eifrigem Schatten. Sie erhöhte die Miete niemals, weil sie wusste, dass er sich als Hilfsarbeiter durchschlagen musste und nicht viel Geld zur Verfügung hatte. Ihr Sohn hielt nichts von ihm, er war dagegen gewesen, dass sie die Wohnung an ihn vermietete. «An diesen Quacksalber und Filou», schimpfte er, «du weißt ja gar nicht, was man sich über den alles erzählt», und machte Andeutungen über sein Sparkassenkonto. Raimunds Eigenart war, alle Menschen nach ihrem Bankkonto zu bewerten. «Irgendwann wird der versoffene Kerl mit seiner Zigarre im Bett einschlafen und unser Haus abfackeln.» «Ich bilde mir gern meine eigene Meinung über die Menschen», erwiderte Sophia. In der ersten Zeit nach Vincentinis Einzug hatte Raimund sich oft mit ihr gestritten, weil sie sich beharrlich weigerte, ihrem Mieter zu kündigen. Bei seinem letzten Besuch fing

Raimund wieder damit an, und sie konnte sich denken, was dahintersteckte. «Ich komme seit Jahren gut mit ihm aus», konterte sie, ja, sie habe sich sogar regelrecht an ihn gewöhnt. Er erledige gemeinsam mit Albert alle Arbeiten im und am Haus, pflege den steilen Hanggarten, entferne im Herbst welke Blätter aus den Dachrinnen und putze im Frühjahr die großen Wintergartenfenster. Er habe nie etwas dafür verlangt. In letzter Zeit versuchte Raimund sie immer häufiger zu bevormunden, doch ohne Erfolg, schließlich gehörte das Haus immer noch ihr. Ihr Sohn hatte sich verändert. Nach dem Ausscheiden des Sparkassendirektors hatte er fest damit gerechnet, seine Nachfolge anzutreten, aber die Stelle wurde mit jemandem aus der Zentrale besetzt. Seither betrachtete er seine Bankkarriere als beendet und widmete sich Aktien- und Immobiliengeschäften. Er wollte mit Caspary zusammen einen Ferienpark errichten, neuerdings sogar mit einer Sommerrodelbahn und vielen anderen, Sophias Ansicht nach völlig unsinnigen, Attraktionen. Dazu musste die Staumauer verstärkt werden, um den See beträchtlich vergrößern zu können. «Wofür machst du das eigentlich alles?», fragte sie Raimund. Sie verstand ihren Sohn nicht. Er verdiente genug, hatte, soweit sie wusste, schon lange keine feste Beziehung mehr gehabt. Es ging ihm anscheinend nur noch ums Geld. Sophia dachte, dass sie an allem schuld sei, vielleicht sei er auch so geworden, weil er seinen Vater niemals richtig kennengelernt hat. Raimund verwaltete Sophias Vermögen und betrachtete es sicher bereits als sein Eigentum. Eugens Hinterlassenschaft musste beträchtlich sein, aber sie wusste nicht, wie viel sie tatsächlich geerbt hatte. Geld hatte sie nie interessiert, es reichte ihr, wenn genügend davon vorhanden war, um gut zu leben. Ihr waren Menschen suspekt, denen es nur um eine Vermehrung des Geldes an sich ging. Sie musste sich allerdings eingestehen, dass gerade ihr Sohn in letzter Zeit zu genau solch einem Menschen geworden war.

Es ist mittlerweile Sommer geworden, am Stausee kann man noch immer keine sichtbaren Fortschritte erkennen.

Die Grauköpfe sprechen über Vincentinis Perseus, ein elektrisches Akupunkturgerät in einem schuhkartongroßen, mit dunkelrotem Kunstleder überzogenen Kasten. Klappt man ihn auf, ist ein Bedienfeld mit zwei Regelknöpfen und einer goldenen Anzeigenadel zu sehen. In der oberen rechten Ecke ist das Bild des Perseus eingraviert, des griechischen Helden, der die Medusa besiegt hat. Der Perseus hilft bei Angstzuständen, Bluthochdruck, Bronchitis, Depressionen, Frigidität, Hautleiden, Herzschwäche, Verstopfung, Impotenz und sogar bei Verblödung.

Sie reden über ihren Freund Lünebach, seine von einer Raumkapsel abgeworfenen Nachrichtenzettel, auf denen er vom Grund des Universums, von geheimnisvollen Energien und galaktischen Honigwaben schwärmt.

Sie erzählen sich, wie Delamot in seinem Frisiersalon die abgeschnittenen Haare seiner Kunden in ein Loch im Fußboden unter dem Abfalleimer gekehrt habe. Sie seien in ein riesiges Kellergewölbe hinabgeschwebt, das mit den Stollen der alten Erzminen verbunden sei. Schon damals hätte es dort ein Meer von Haaren all jener gegeben, die in Kall und Umgebung gelebt hätten und irgendwann zum Friseur gegangen wären. Die Alten schwärmen von Sanny Arimonds kastanienroten Haaren, den strohblonden Locken der jungen Sophia Molitor, Anita Pöntsgens störrischem Rosshaar und vom Feenhaar kleiner Mädchen, das glänzt wie vom Tau benetzte Spinnweben. Sie erinnern sich an Haar, das nach Haselnüssen geduftet hat, nach Kokosmilch, Ingwer oder Zimt. Delamot habe in all den Haaren gebadet, nun liege er wahrscheinlich dort unten wie eine Schmetterlingslarve.

Immer wieder stürzten in Kall und Umgebung Stollen, Gänge und unterirdische Grotten ein. Häuser standen über Nacht am Rand eines tiefen Abgrunds. Einmal, so erzählen die Alten, sei der Fußboden unter einem Schlafzimmer weggebrochen, eine ganze Familie sei in diesem Senkloch spurlos verschwunden. Die Alten haben verfolgt, wie die Bergwerksgesellschaft die letzten Stolleneingänge zumauern und die Hohlräume auffüllen ließ. Wochenlang wurde damals flüssiger Beton in die Schadensstellen gepumpt. Sie rätseln, was dort unten auf dem Grund der Tiefe wohl alles zu finden sei. Sie führen in ihren Köpfen Listen von Menschen, Liebschaften, kleinen und großen Ereignissen.

Im Sommer sitzt Herr Vallentin an einem der hinteren Terrassentische, beobachtet, wie geranienrote Regionalzüge in den Bahnhof hineinfahren, Züge, die ihm wie einlaufende Schiffe in einem malerischen Hafen erscheinen; sie gleiten an der Kaimauer entlang, ankern dort für kurze Zeit. Der wolkenlose Himmel ist voller kreischender, zirkelnder Schwalben. Wanderer kommen zum Markt, um sich mit Proviant zu versorgen. Schülerinnen des Berufskollegs unterhalten sich an einem Tisch. Eine von ihnen trägt eine Brille, hinter den Gläsern wirken ihre Augen verträumt. Sie lächelt, kokettierend zieht sie ihre Stirn in ernste Falten.

Die Angestellten aus den umliegenden Betrieben und

Geschäften, die im Imbiss zu Mittag gegessen haben, gehen über den Parkplatz zu ihrer Arbeit zurück.

Paul sitzt seit Stunden im Rollstuhl an einem Tisch; er ist wieder einmal ohnmächtig geworden. Die Alten haben es bemerkt und zu Otti hinübergerufen, dass er Hilfe brauche. Sie eilt zu ihm, schaut immer wieder zur Theke zurück und steht besorgt bei ihm. Als sie Nina kommen sieht, bittet sie diese, sich um Paul zu kümmern.

Herr Vallentin hält nach Isabell Ausschau. Vor einigen Tagen ist diese Frau ihm aufgefallen, immer wieder hatte er von der Zeitung aufsehen und sie betrachten müssen. Seither malt er sich aus, mit ihr zusammen zu sein, wundert sich über seine Fantasien; er denkt, längst über dieses Alter hinaus zu sein. Die letzten Jahre mit seiner Frau waren von einem rücksichtsvollen, freundschaftlichen Verhältnis geprägt gewesen, in der ihre einstige Leidenschaft wie ein fernes Echo nachgeklungen hatte. Mittlerweile weiß er einiges über Isabell. Lauscht man den Grauköpfen, erfährt man alles über jeden, alles, was es zu wissen gibt, und meist mehr, als man wissen möchte. Normalerweise interessiert ihn das Gerede nicht, aber in diesem Fall hat er seine Ohren gespitzt, bald gewusst, dass sie aus Krekel, einem der Höhendörfer, stammt, wo ihr Vater Ortsvorsteher gewesen war. Krämers Frau, die er während des Kriegs in Frankreich kennengelernt hatte, war früh verstorben, seine drei Töchter hatte er allein großgezogen. Die Alten erwähnten, seine Schwester habe Lünebachs Bruder geheiratet und das Paar sei auf die Jülicher Seite in das Bahnerhaus gezogen. Sie redeten dann von deren Kindern und Kindeskindern, von den Siebzigerjahren, der Flurbereinigung und der Aussiedlung der Bauern, über den Streit, den Lünebach und seine Geschwister wegen des Erbes gehabt hatten, als er von der Montage zurückgekommen war, und wie er immer seltsamer geworden war. Eine Schwester Isabells sei mit ihrem Mann nach England gezogen. Isabell selbst habe lange in der Stadt gelebt, erst vor fünf Jahren, nachdem sie sich habe scheiden lassen, sei sie wieder nach Kall zurückgekehrt. Manchmal fahre sie an den Wochenenden nach Köln, um ihre Enkelkinder zu besuchen. Wenn die Alten über Isabell sprachen, nannten sie diese meist Bell, und Herr Vallentin hängte in Gedanken ein «a» an und dachte, Bella sei der passende Name für sie. Sie könne nicht viel jünger sein als er, vielleicht fünf oder sechs Jahre.

Den ganzen Sommer verbringen die alten Männer zumeist in der klimatisierten Cafeteria, sie vertragen die Hitze nicht mehr. Die anderen Gäste sitzen nach Möglichkeit draußen auf der Veranda. Die Arbeiten am See haben immer noch nicht begonnen. Die Alten spekulieren, ob in diesem Jahr überhaupt noch etwas passieren würde. Vielleicht könnte ja der jährliche Angelwettbewerb zu Beginn des Herbstes doch noch einmal stattfinden. Einer der Alten verabschiedet sich aus der Runde, entfernt sich mit unsicheren Trippelschritten, lässt den großen Kassenvorraum hinter sich, kommt an den Töpfen mit Nelken, Jasmin und Lavendel vorbei, deren Duft er nicht mehr wahrnehmen kann. Auf dem Parkplatz irrt er umher und sucht sein Auto, entdeckt es schließlich mithilfe seines Funkschlüssels. Nachdem er sich auf den Fahrersitz gehievt hat, ist nur noch seine Kappe zu sehen, man meint, ein selbst fahrendes Auto gleite langsam die Bahnhofstraße hinunter.

Am späten Nachmittag ist Ruhe eingekehrt. Otti steht auf der Terrasse und gönnt sich eine Pause. Junge Leute kommen in den Supermarkt, kaufen Grillkohle, Fleisch und Bier und fahren an den Stausee.

Ein Gast studiert das Wochenblatt, sucht nach Veranstaltungen; er verbringt seine Abende damit, öffentliche Sitzungen des Gemeinderates, Vereinssitzungen des Karnevals- und Sportklubs oder Treffen des Umweltbundes zu besuchen. Meist sitzt er schweigend da, irgendwo im Abseits, und schaut interessiert in die Runde. Er nippt an seinem Kaffee, blickt dabei über den Brillenrand hinweg zu einem vorbeilaufenden Mädchen; sie trägt eine Jeans, die an den Knien und Oberschenkeln zerrissen ist.

Die Alten sprechen unterdessen wieder von Lünebach; einer von ihnen hat einmal mehr eine mysteriöse Mitteilung auf dem Parkplatz gefunden. Die Rede war von zusammenfallenden Sternen, die wie Seifenschaum vergehen und nach Jahrmillionen neu entstehen, von harmonisch schwingenden Melodien, die einen mit ihrer Schönheit in den Wahnsinn treiben können.

Lünebach hatte in den Sechzigerjahren den verschuldeten Bauernhof und die Imkerei seiner Eltern geerbt. Er musste einen Kredit aufnehmen, um seine Geschwister auszuzahlen. Die Landwirtschaft gab er auf und erklärte jedem, kein Bauer, sondern Erfinder zu sein. In seiner Scheune türmten sich damals ausrangierte Fernsehapparate bis unters Dach. Um zu verhindern, dass sie einstauben, hatte er sie mit Bettlaken abgedeckt. Er saß meist in seinem Arbeitskittel, in dessen Brusttasche Stromprüfer und Kugelschreiber steckten, auf einem verschlissenen Sessel, vor ihm Lötkolben, Zangen, Messgeräte, Oszillatoren, Schaltpläne. Aus den alten Fernsehern baute er Kondensatoren und Dioden aus, die er sorgfältig in kleine Schachteln einsortierte. Er hat seinen Kumpeln erzählt, er würde ein Raumschiff bauen, mit dem er bis ans Ende des Universums fliegen könne. Er redete von atomaren Teilchen, winzig wie entschwundene Gedanken, von geheimnisvollen Energien, die sein Schiff mit unvorstellbarer Geschwindigkeit antreiben würden, und von Wurmlöchern, die verschiedene Welten jenseits von Raum und Zeit verbänden. Seine Zuhörer lauschten mit offenen Mündern und verfolgten wie in einem Raumfahrtzentrum auf einer riesigen Fläche aus aufeinandergestellten und zusammengeschalteten Bildschirmen den Start einer Rakete. In der Scheune summten verwilderte Bienenvölker, auf Regalen zwischen faulen Äpfeln liefen Mäuse, es roch nach Honig und moderndem Heu. Nach diesem Besuch hatten die Alten Lünebach lange nicht mehr gesehen; er war auf Montage im Nahen Osten gewesen, seine Frau hatte sich einen Liebhaber genommen.

Als sie hörten, Lünebach sei zurückgekommen, besuchten sie ihn. Im Hof lagen Autowracks, abmontierte Reifen, Autotüren, ein umgekippter Bienenwagen. In der Scheune stand der zu einer Raumkapsel umgebaute Sprengbunker. Lünebach war nirgendwo zu sehen. Auf dem Arbeitstisch fiel einem von ihnen ein Stoß kleiner weißer Zettel auf. Als die Männer das Halbdunkel der

Scheune verlassen hatten und sich noch einmal umschauten, erschien ihr Kumpan in einem tiefseetauglichen Taucheranzug mit einem schweren Messinghelm auf dem Kopf und Bleigewichten an Armen und Beinen. Es war das letzte Mal, dass sie ihn gesehen hatten.

Sophia war mitten in der Nacht von ihrer Arbeit an den Briefen zum *Daodejing* aufgestanden und in die Küche gegangen. Es war eine schwüle Sommernacht. Oben hörte sie ihren Mieter poltern. Sie stellte sich vor, wie Vincentini in Unterhose, mit seiner Zigarre und einer Bierflasche am Schreibtisch saß und am Perseus bastelte, dem einzigen Exemplar, das er noch besaß. «Lass dich bloß nicht von ihm behandeln», hatte Mimie Sophia gewarnt. «Ich möchte nicht wissen, wie viele Nachkommen er in der Eifel hat.» Das hatte fast geklungen, als habe Mimie bereits ihre Erfahrungen mit Vincentini gemacht. Sie vermutete, ihre Freundin sei doch ein wenig eifersüchtig darauf, dass er bei ihr wohnte. «Du hättest ihm auch eine deiner Wohnungen vermieten können.» Mimie sagte, das würde sie niemals tun, die Leute würden über sie reden, seit Vincentini bei ihr wohne. Sophia war das egal, sie hatte sich nichts vorzuwerfen. Wenn er Sophia besuchte, bot sie ihm Tee an, den er nur aus Höflichkeit trank. Er war immer höflich und zuvorkommend ihr gegenüber, beinahe schüchtern, wie sie fand. Seine Kopfbedeckung lag, wenn er bei ihr in der Wohnung saß, auf seinen Knien, die Schuhe hatte er vor der Tür ausgezogen. Er krümmte die Zehen, damit Sophia die Löcher in seinen Strümpfen nicht sah. Für sein Alter hatte er schöne Zähne, roch nicht unangenehm, machte ihr Komplimente, behauptete, sie sehe aus wie eine hübsche Chinesin. Einmal hatte er von seinen beiden Asienreisen erzählt; offenbar war er überall auf der Welt gewesen. Sophia hatte ihm aufmerksam zugehört, war sich aber nicht sicher, ob er wirklich in China gewesen war. Er hatte stolz berichtet, in Shanghai die Kunst der Akupunktur erlernt zu haben. Der Perseus sei als elektrisches Akupunkturgerät ursprünglich eine chinesische Erfindung. Schließlich hatte er ihn aus seiner Wohnung geholt und Sophia vorgeführt. Wie er ihr ausführlich erklärte, gehe es bei der Behandlung um das Freisetzen blockierter Energien und um das Aktivieren gehemmter Blutzirkulationen in den zahlreich verzweigten sogenannten Meridianen, den Energiebahnen des menschlichen Körpers. Er behauptete, sein Perseus helfe gegen jede Krankheit, allerdings sei die Behandlung eine Kunst, ähnlich der traditionellen chinesischen Akupunktur; es komme darauf an, die richtigen Zentren zu finden, erst dann könnten Dauer und Intensität der Stromstärke bestimmt werden. Sophias Körper war plötzlich erfüllt von einem angenehmen Kribbeln, als der Strom der Elektroden über ihren Rücken und ihr Gesäß floss. Sie hatte sich wohlgefühlt wie lange nicht mehr. Während der Behandlung war sie eingeschlafen. Als sie wach wurde, lag sie in ihrem Schlafzimmer, und Vincentini war nicht mehr da. Sie hatte kurz die Augen geöffnet, geseufzt und war wieder eingeschlummert. Sie hatte die ganze Nacht tief geschlafen und Dinge geträumt, für die sie sich fast ein wenig schämte. Aufgewacht war sie erst wieder, als Nina die Zeitung vor ihre Tür legte.

Nina setzt sich zu Paul an den Tisch und fängt wieder an, von ihrem Bruder zu erzählen. Sie wirkt aufgeregt, kratzt sich am Hals und sagt, Gregor sei jetzt mitten auf dem Meer. Obwohl Paul das gar nicht hören möchte, redet sie trotzdem weiter. Um sein kleines Boot zu entlasten, hätte er sich in den ersten Wochen fast ausschließlich von Konserven ernährt. Damit es in schwerer See nicht kenterte, habe er sogar Kisten mit Quitten und Konservendosen über Bord geworfen. Das Festland habe er schon lange aus den Augen verloren, bald würde er den Kontinentalsockel verlassen und in raue See geraten; er fühle sich erschöpft, und die Haut an Füßen und am Hintern löse sich allmählich durch die salzige Nässe ab. Wenn Gregor auf Ninas Bollerwagen sitzt, treiben Kobolde in seinem Kopf ihn an, immer weiter zu rudern. Er schreit, er dürfe nicht aufhören; er nimmt verlockende Stimmen wahr, die ihm befehlen, aus dem Boot zu steigen, Stimmen, die vom Meeresgrund zu ihm zu dringen scheinen. Nina erzählt Paul, ihr Bruder esse jetzt überwiegend Fische, die er mit seiner Harpune erlege, Goldmakrelen, deren rohes Fleisch wie das von Kaninchen schmecke. Wenn kein Wind weht, hat er Zeit, Notizen in seinem Logbuch zu machen. Das Segel spendet ihm genügend Schatten und schützt ihn vor der sengenden Sonne. Abends holt er es ein, macht, im Boot stehend, seine tägliche Körperpflege, zieht sich warme Kleidung an und isst. Bald darauf verschwindet die Sonne am Horizont, Sterne schimmern auf dem Wasser, sein Paddel wirbelt Biolumineszenzen auf; er friert und

kann kaum schlafen, während das Boot sich in den wei-
chen Wellen wiegt. Am Morgen wärmt die aufgehende
Sonne seinen ausgekühlten Körper. Er zieht den Treibanker an Bord und paddelt weiter. Ein gleichmäßiges Riffel-
muster liegt überm Wasser. Um die Mittagszeit entdeckt
er ein mit Seeschnecken besetztes Brett. Die folgende
Nacht will er unbedingt segeln und sich dabei ausruhen.
Er hört wieder Stimmen, hat Halluzinationen; wenn er
nach kurzem Dösen aufwacht, sind seine Hände steif und
verkrampft und der Rücken schmerzt. Am Nachmittag des
folgenden Tages entfernt er Muscheln vom Bootsrumpf,
hängt an der Sicherungsleine über unergründlichen Tiefen.

Herr Vallentin holt sich einen Kaffee und wechselt ein
paar Worte mit Otti. Von der Theke zurück, setzt er sich
wieder auf die Terrasse. Seit Tagen hat er Isabell nicht gesehen. Sommerregen prasselt auf das Verandadach, die
Leute eilen von ihren Autos in den Laden. Er zieht seine
Zeitung aus der Jackentasche, breitet sie vor sich auf dem
Tisch aus, setzt seine Lesebrille auf und beginnt mit der
Lektüre. Zwei Frauen, die den Tisch neben ihm in Be-
schlag genommen haben, unterhalten sich. Die eine sagt,
sie würde bald arbeitslos sein, weil das Seerestaurant verkauft worden sei und spätestens im Herbst geschlossen
und abgerissen werde; den See wolle man tatsächlich tro-
ckenlegen und vergrößern. Sie erinnert ihre Freundin daran, wie sie früher zum Stausee gefahren seien, um dort zu
baden, erzählt von ihrem Kind, das gerade laufen gelernt
hat, und von ihrem Leben, das sie sich ganz anders vorgestellt habe. Sie hoffe, jetzt, da sie wieder zusammen sein

könnten, würde alles wie früher werden; sie könnten abends ins Kino oder zum Tanzen gehen, ihr Leben wäre nicht mehr so öde. Sie redet vom Anglerfest am Stausee, das in einigen Wochen zum letzten Mal stattfinden werde. Jemand schlurft zur Toilette am Eingang.

Es schüttet die ganze folgende Nacht hindurch, das Wasser läuft von den Dachflächen im Gewerbegebiet ab, staut sich in der Unterführung und lässt einen mannstiefen See entstehen. Bleibt ein Auto in ihm stecken, beobachten die Grauköpfe vom Fußgängerüberweg aus, wie das Wasser ins Wageninnere eindringt und der Fahrer sich durch das Seitenfenster aufs Dach retten muss, weil er die Tür nicht mehr öffnen kann. Sie beugen sich übers Geländer und rufen scheinheilig, ob sie irgendwie helfen könnten.

Nach dem Einkauf setzt sich Evros an einen Tisch, von dem er den Eingang seiner Gaststätte im Auge hat. Es regnet noch immer; die alten Männer sind inzwischen wieder zurück. «Willst du nicht mit mir nach Griechenland kommen?», fragt Evros Otti, als sie ihm den Espresso am Tisch serviert. Sie arbeitet hin und wieder abends bei ihm in der Küche.

Bollerwagen

In der Dämmerung lief Nina durch den Ort und verteilte
Zeitungen. Ihr Bruder saß hinten auf dem Bollerwagen,
schrie, er komme in einen Sturm, habe seit Tagen nicht
geschlafen. Sein Kopf sank ihm immer wieder vor Müdigkeit auf die Brust, aber er musste wach bleiben, das Boot
auf den Wellenkämmen halten, sonst war er verloren.
Sturmvögel segelten vorbei, tropischer Regen prasselte
nieder, es blitzte und donnerte; im Nu war es pechschwarz,
als würde die Sonne nicht mehr existieren. Gregor schrie,
er ertrinke beim bloßen Atmen, setzte sich eine Taucher-
maske auf, um überhaupt sehen zu können. Die Haut an
seinen Händen war aufgetrieben und ohne Gefühl. Er
musste ständig Wasser aus dem Boot schöpfen, durfte
nicht einschlafen. Es regnete viele Tage und Nächte. Als
der Regen nachließ, rauschten hohe Wogen heran. Er
glaubte, in die Tiefe zu stürzen, und fühlte sich kurz darauf in den Himmel geschleudert, eine riesige Welle
brachte das Boot schließlich zum Kentern. Gregor ging
über Bord, hielt sich aber am Ausleger fest und konnte
sich mühsam an der Bordwand zum Rumpf hinaufziehen;
mit seinen Fingern und Zehen eingekrallt, den Kopf auf
das Gummi gepresst, überlebte er den Sturm. Vom Salz-
wasser, das er literweise geschluckt hatte, musste er sich
übergeben. Als die See sich beruhigte, gelang es ihm, das
gekenterte Boot wieder zu drehen. Er saß erschöpft und
zusammengesunken in einer Wasserpfütze. Der Mast war
gebrochen, den Treibanker hat der Sturm verschluckt.
Navigationsgeräte, Funkgerät, Toilettenartikel, Enterhaken

lagen irgendwo auf dem Meeresgrund. Die Schwielen an seinen Händen ließen sich wie Zwiebelschalen abpellen, das rohe Fleisch kam zum Vorschein. Um etwas anfassen zu können, umwickelte er seine Hände mit Tüchern und Strümpfen. Er hatte noch Kondensmilch, vier Knoblauchzehen, feuchtes Knäckebrot. Der Inhalt einer Sauerkrautkonserve war verdorben, da die Dosenwand winzige Rostlöcher hatte. Nachts sah er Hexenquallen, die mit Leuchtbakterien ihre langen Schleier schmückten; sie schwebten wie Ballerinen um ihn. Durch das stete Rollen des Boots entstand in den Behältern im Bug ein Glucksen und Blubbern, das ihn glauben ließ, er sei inmitten einer Gesellschaft auf einem Schiff; man unterhielt sich, tanzte und lachte, aber niemand beachtete ihn. Seine Mutter stieg die Treppe zur Bühne hinauf, stellte sich in Position und spielte auf ihrer Violine. Er deckte sich mit dem nassen Segeltuch zu, fiel wieder in Ohnmacht. Er wollte nach Hause, endlich nach Hause. Als er wieder zu Kräften gekommen war, reparierte er die Hecksteuerung und flickte notdürftig Mast und Segel. Mit dem Aufkommen des Passatwinds schien er stetig nach Westen zu treiben. Im Süden von Antigua, in goldgelben Sargassokraut-Feldern, fand er essbare Garnelen.

Herr Vallentin hat Isabell lange nicht gesehen. Er denkt, sie sei krank, vielleicht weggezogen oder habe einen Mann kennengelernt. Er ist sogar im Möbelcenter im Industriegebiet gewesen, wo sie arbeitet, ist durch die Abteilungen gelaufen, hat sie jedoch nirgendwo angetroffen. Als sie schließlich kommt, wäre er am liebsten zu ihr gegangen, wagt es aber nicht. Sie sitzt an ihrem Platz, tunkt einen Teebeutel ins Glas. Nach einiger Zeit zieht sie ihn heraus, legt ihn auf den Löffel, wickelt den Faden darum und presst so die Tropfen aus; dann legt sie den Beutel auf den Unterteller.

Der Gast am Tisch neben der Theke redet mit sich selbst. Er hat eingefallene Wangen, ist unrasiert, ungefähr fünfzig, trägt einen schmuddeligen Trainingsanzug und hat seinen völlig verkratzten Sturzhelm neben sich auf den Stuhl gelegt. Fast dreißig Jahre hat er in Schließemaar gearbeitet und Telefone und Kabel recycelt. Nachdem der Betrieb dichtgemacht hatte, war er zehn Jahre arbeitslos gewesen, bis er eine Stelle bei der Gemeinde bekam. Nun hebt er auf den Friedhöfen der umliegenden Dörfer Gräber aus und hält die Sportanlagen in Ordnung. Am Nachmittag mäht er die Rasen reicher Geschäftsleute. Danach fährt er mit seinem klapprigen Motorroller zum Café. Mit den Worten auf dem kleinen weißen Zettel, den er eben auf dem Parkplatz gefunden hat, kann er nichts anfangen, knüllt ihn zusammen und legt ihn auf die Untertasse.

Am Morgen haben die Grauköpfe verfolgt, wie eine Abrissbirne gegen das Lichtspieltheater gekracht ist, die

Mauern in sich zusammengefallen sind. Das alte Kino war seit Jahren geschlossen, im Kassenraum lagen Tütchen mit Chips, Gummibärchen und blassblaue Billettrollen, das Foyer war mit Gerümpel vollgestellt, der Eingang mit Brettern vernagelt. Die Alten verschwanden in einer Staubwolke. Sie gingen in Antonios Pizzeria, um von dort das Geschehen weiter zu beobachten. Als sie im Lux Filme geschaut hatten, waren sie noch jung gewesen. Im Zuschauerraum liefen damals Mäuse im Dunkeln herum, Mimie hatte sich voller Angst an den Alten gedrückt, er kann es noch genau fühlen, wie's gewesen war, wie warmer, rieselnder Sand, er hat jedes Körnchen gespürt, konnte jetzt noch ihren Atem hören.

Die alten Männer betreten die Cafeteria, nachdem sie sich auf dem Parkplatz gegenseitig den Staub aus den Kleidern geklopft haben.

Vincentini hielt sich meist bis spätabends bei Evros auf, kam nach Hause und bastelte dann noch am Perseus, wobei er, vergnügt durch die Zähne pfeifend, am Schreibtisch saß. Irgendwann in den frühen Morgenstunden ging er zu Bett. Sophia hörte ihn schnarchen und sein Bett knarren, wenn er sich darin herumwälzte. Er stand erst gegen zehn Uhr auf und frühstückte danach mit Albert im Supermarkt. Sie fragte sich, ob Vincentini tatsächlich ein Verhältnis mit der Verkäuferin habe, weil er bisweilen nachts nicht nach Hause kam. Mimie hatte das angedeutet, aber sie erzählte viel. Nach dem Frühstück fuhren die beiden zum Staudamm. Seit einiger Zeit arbeiteten sie wieder für Caspary, transportierten mit ihrer Pritsche Material, unterstützten Techniker und Ingenieure, die Vermessungen am Staudamm durchführten. Albert begleitete Vincentini auf Schritt und Tritt, ein komischer Kauz, der wohl niemanden sonst zum Freund hatte. Sie las wieder in ihrem Buch, konnte sich aber nicht konzentrieren; zwischendurch blickte sie auf, ihre Gedanken schweiften immer wieder ab, und sie rechnete damit, dass Vincentini bald Zigarre paffend die Treppe hinuntersteigen würde – sein Kumpel wartete bestimmt schon auf ihn. Inzwischen bauten sie eine Plattform am Seeufer, von der aus ein Feuerwerk gezündet werden sollte. Raimund hatte vor Kurzem erwähnt, dass sie beim alljährlichen Angelfest am See ein Feuerwerk sponserten; sie hatten Informationsbroschüren drucken lassen, mit denen die Bevölkerung von ihrem Projekt überzeugt werden sollte. Raimund war enttäuscht, dass es nicht zügig voranging, dass von allen Seiten, jetzt, da die Sache konkret wurde, Bedenken angemeldet wurden. Das ganze Urftland war gespalten in Gegner und Befürworter, wobei die Befürworter sich in der Minderheit befanden. Nach Raimunds Planungen hätte der Stausee längst trockenliegen, die Arbeiten an der Staumauer hätten schon begonnen haben müssen. Die Finanzierung war jedoch noch immer in der Schwebe, es fehlten Sicherheiten, Genehmigungen und Zuschüsse von verschiedenen Behörden. Sophia hörte Nachrichten im Radio, Meldungen über Börsenkurse, Gewinnmaximierung und das gegenwärtige Wirtschaftswachstum, das sich wieder erhöht habe; sie wunderte sich über den Stellenwert, den diese Wörter im heutigen Leben gewonnen hatten, Wörter, die in ihrer Bedeutung nicht mehr mit der Wirklichkeit übereinstimmten, dachte sie; aber ohne die rechten Wörter, so steht es bei Konfuzius, *können die Werke nicht zustande kommen, und ohne die Werke können Moral und Kunst nicht gedeihen, die Strafen nicht treffen. So weiß das Volk nicht, wohin Hand und Fuß setzen.* Vincentini musste bereits im Treppenhaus sein, denn sein Zigarrenrauch breitete sich im Hausflur aus und kroch unter Sophias Wohnungstür hindurch.

Die Grauköpfe mustern die Frauen an den Kassen und an der Bäckereitheke. Für einen Moment belebt der Anblick ihre Fantasie, sie fühlen sich jung und voller Elan, denken an vergangene Kirmesbälle und Liebschaften, an heimliche Treffen nachts auf dem Tanzplatz am Stausee. Sie haben gehört, dass der Angelwettbewerb mit seinem beliebten Tanzfest in diesem Jahr noch einmal stattfindet. Beiläufig registrieren sie, wie Albert vorbeirudert, sich an einen Platz am Fenster setzt und dort auf seinen Freund wartet. Trotz der spätsommerlichen Temperaturen trägt er seinen verschlissenen Anzug, der aus den Beständen der Caritas stammt, seinen Parka und die Pudelmütze.

Die Alten sprechen über die Arbeiten oberhalb der Uferstraße, wo Caspary gerade den Wald roden lässt. Sie diskutieren die steigenden Immobilienpreise, schätzen, was ihre Grundstücke wohl abwerfen könnten, wenn der Stausee vergrößert worden ist, Touristen kämen und Kall endlich wieder zum Leben erwachte. Einige besitzen noch Land, das sie von ihren Eltern und Großeltern geerbt haben, Grundstücke, die bisher keinen Heller wert gewesen sind. Sie spekulieren, wann das Wasser des Sees abgelassen werde, damit man an die marode Dammmauer und deren Sockel gelangen könne, die verstärkt und vergrößert werden müssen. Sie sehen, wie Vincentini sich dem Supermarkt nähert; einer meint: «Es wäre für Dr. Vincentini bestimmt angenehmer, herumzufahren und mit seinem Perseus alte Damen zu behandeln.» Sie grinsen in sich hinein. Als er an ihnen vorbeigeht, nicken sie ihm unschuldig zu. Otti bringt ihm Kaffee, belegte Brötchen und ein Omelett mit Speck. Albert hatte in der Zwischenzeit schon zwei Portionen vertilgt. Vor ihm liegt ein zerknitterter Brief; er zeigt ihn bei jeder Gelegenheit herum. «Steht drin, dass ich dich mitnehmen darf.» «Lass mich in Ruhe mit dem Blödsinn, das sind doch nur Betrüger. Hätt ich gewusst, dass du die dreihundert Euro dafür ausgibst, hätt ich sie dir nie vorgestreckt.» Seit Albert den Brief bekommen hat, präsentiert er ihn jeden Tag mehrmals, Vincentini kennt den Inhalt längst auswendig. «Ich werde niemals mit dir dahin fahren. Wir sind mit der klapprigen Pritsche da runter mindestens zwei Tage unterwegs. Außerdem haben wir hier zu arbeiten und keine Zeit – kapier's doch endlich!» Albert macht ein betrübtes Gesicht und schmollt, weiß, er würde ohne Vincentini niemals bis zum Bodensee gelangen, niemals das viele Geld aus dem Tresor bekommen, niemals reich sein.

Mehmet läuft zwischen den Tischen hin und her, serviert Albert einen weiteren Döner mit einer Extraportion Zwiebeln. Der beißt hinein und wischt sich mit dem Handrücken die Soße vom Mund; für einen Moment scheint er seinen Tresor ganz und gar vergessen zu haben. Nach dem ersten Bissen fällt ihm jedoch der Brief wieder ein. «Wir könnten zusammen hinfahren und vom Geld eine neue Pritsche kaufen», schlägt er vor und blickt Vincentini ängstlich an. Der schüttelt den Kopf und schaut auf den Fernseher. «Wenn du nicht deinen Mund hältst, bist du sofort entlassen», meint er. «Ich geb dir die Hälfte von dem, was im Tresor ist, weil wir Freunde sind – wir sind doch Freunde?» «Halt die Klappe, Albert!», schreit Vincentini.

Sie ist Mitte dreißig, trägt ein leichtes Sommerkleid, auf ihrem Haar sitzt ein Strohhut mit einem Band. Sie arbeitet im Bekleidungsgeschäft an der Aachener Straße, hat heute, wie jeden Dienstag, frei und möchte mit ihrem neuen Freund zum Stausee fahren. Am Ufer sind jetzt die Vorbereitungen für den jährlichen Angelwettbewerb fast abgeschlossen. Man baut noch ein Festzelt auf, richtet diesmal sogar ein großes Seefeuerwerk aus; vielleicht wird sie sich das mit ihm ansehen. Sie kennen sich erst eine Woche, und sie ist gespannt, was heute geschehen wird. Sie würde es zulassen, wenn er sie umarmte und küsste, aber noch nicht mehr. Es ist warm genug, um im Stausee zu schwimmen. Sie fürchtet, er könne ihre Oberschenkel zu dick finden, hört ihm zu, wie er von seinem Auto erzählt, das er vor Kurzem übers Internet gekauft hätte. Er redet leise, zeigt von der Terrasse, auf der die beiden sich am Tisch gegenübersitzen, stolz auf einen rostigen Renault, der die Farbe eines verwaschenen Anoraks hat. Als sie ihn anlacht, sieht er ihre schönen Grübchen. Während sie mit offenen Fenstern vom Parkplatz fahren, hält sie ihren Hut mit beiden Händen fest.

Die Kaffeemaschine gurgelt und spritzt nur noch Wasser. Ein Techniker sucht lange nach dem Fehler und macht sich auf den Weg, um ein passendes Ersatzteil zu holen. Die alten Männer schimpfen am lautesten darüber, dass es keinen frischen Kaffee mehr gibt. Am späten Nachmittag kommt schließlich jemand und repariert die Maschine. Paul war kurz in der Cafeteria, rollt dann hinüber zu Evros; er verbringt oft ganze Nächte bei ihm. Wenn Nina morgens die Zeitungen dort abliefert, schläft er in seinem

Rollstuhl an der Theke. Sie schiebt ihn dann zum Pflege-heim, ruft den Krankenpfleger, der ihm seine Medika-mente gibt, einen neuen Verband anlegt und ihn ins Bett bringt.

Im Fass

Das Wettangeln war am Abend erfolgreich zu Ende gegangen. Nach der Preisverleihung spielte eine Band.
Nina hielt unter den vielen Leuten, die sich am Ufer ver-
sammelt hatten, nach Paul Ausschau; sie machte sich Sorgen. Er blickte ablehnend, als er sie sah, schickte sie weg,
sie solle ihn in Ruhe lassen. Weinend lief sie zum Wassertank hinauf, setzte sich und schaute auf den See hinunter.
Am Ufer leuchtete das weiße Festzelt. Sie stellte sich vor,
mit Paul oben auf der Wiese zu tanzen, wo man die Musik noch leise hörte. Sie liegen im Gras; er umarmt und
küsst sie unter dem Holunder, gemeinsam schauen sie das
Feuerwerk an. Sophia hatte ihr erzählt, schon die chinesischen Kaiser der Tang-Dynastie hätten mit Feuerwerk
aus Lichtpfeilen böse Geister und Dämonen vertrieben.
Die alte Dame war zu Hause geblieben und würde sich
das Schauspiel von ihrem Wintergarten aus ansehen. Es
laufen Betrunkene grölend am Seeufer entlang, steigen
schließlich den Hang zu ihr hinauf; sie versteckt sich im
Fass. Seit Jahren ist sie nicht mehr bei ihrem Bruder gewesen. Sie hört wieder das Rauschen des Ozeans und
Gregors Stimme. Die Männer stehen neben dem Fahrgestell, trinken, reden von Frauen, mit denen sie geschlafen haben, von dieser oder jener, mit der man es versuchen könne, die willig sei; sie prosten sich zu und rülpsen.
Schließlich machen sie ein Lagerfeuer. Einer schlägt immer wieder mit der Faust gegen das Blech, ein anderer
steht auf und pinkelt, ein Dritter klettert am Wasserfass
hoch, steht schwankend oben, öffnet mit der Fußspitze

den Deckel einen Spaltbreit und lässt ihn wieder zufallen. Der Betrunkene kann das Gleichgewicht nicht halten und fällt in die Arme seiner johlenden Freunde. Gregor hält Nina den Mund zu und flüstert, nun würde sie spüren, wie es ihm ergangen sei. Er ist wütend, dass sie so lange nicht mehr bei ihm gewesen ist. Unten am Wasser hat das Feuerwerk begonnen. Weiße Kugeln steigen von einer schwimmenden Plattform in den dunklen Himmel empor, platzen und fallen als silberne Blumen und goldene Sterne mit prasselnden Geräuschen herab. Nina bekommt kaum noch Luft, versucht, Paul eine Nachricht zu schicken, hat aber kein Netz; er antwortet ihr ohnehin nie. Sein Handy liegt meist ausgeschaltet in seiner Umhängetasche. Einige der Männer sind inzwischen zum See hinuntergelaufen, um Bier zu holen, dafür kommen andere den Hang hinauf. Als das Feuerwerk vorüber ist, wanken fast alle ins Festzelt. Nina hört Musik vom Seeufer, tanzt mit Paul im Zelt, alle sehen, wie er sie umarmt und küsst; schließlich schlafen sie zusammen im Fass ein. Als sie allein aufwacht, scheinen auch die Männer draußen nicht mehr da zu sein, jedenfalls ist es ganz still geworden. Vielleicht sind sie auch am Feuer eingeschlafen. Sie muss die Zeitungen am Tabakladen abholen, versucht, den Deckel anzuheben, doch er lässt sich nicht öffnen. Ihr Bruder freut sich, sie müsse nun für immer bei ihm bleiben. Mit aller Kraft tritt sie gegen die Öffnung, schreit laut um Hilfe, doch niemand hört sie; endlich gibt sie auf und bleibt erschöpft liegen. Ein dünner Streifen Licht fällt durch eine Ritze auf ihr Gesicht; sie hört, wie sich Vögel auf dem Tank niederlassen und wieder wegfliegen.

Gregor sagt, sie würden jetzt zu ihrer Reise aufbrechen. Vom Seeufer hört sie die Stimmen der Badegäste. Sie treibt mit ihrem Bruder auf dem weiten Meer, immer wieder fällt sein Kopf vor Müdigkeit auf seine Brust, er kann die Augen nicht mehr offen halten. Die Sonne brennt, später trommelt Regen aufs Fass, durch die kleine Ritze rinnt Wasser, das sie mit der Hand aufsammelt und dem dürstenden Bruder gibt, aber es reicht gerade, um seine rissigen Lippen zu benetzen. Sie liegen im Boot und blicken in den Himmel. Inzwischen sind für Nina Jahre vergangen, draußen hört sie das Toben der Herbststürme, das Schreien ziehender Kraniche. Es schneit. Sie deckt sich mit ihren Kleidern und Decken zu. Dann wird es wieder wärmer, der Frühling bricht an, der Sommer kommt. Sie riecht den Holunder und hört die Hummeln brummen. Die Sozialarbeiterin drückt sich an sie und küsst sie mit ihren dicken nassen Lippen, verspricht, ihr zu helfen. «Der ist längst tot, der geht uns nichts mehr an», sagt sie und stößt Gregors Gerippe mit ihren Füßen weg. Nina wächst, bis sie irgendwann so groß ist, dass sie sich kaum noch im Fass bewegen kann. Das einfallende Licht ermöglicht es ihr, in ihren Heften zu lesen. Allmählich werden bisher rätselhafte Buchstaben zu verständlichen Wörtern und sinnvollen Sätzen. Sie denkt immerzu an Paul, umarmt und küsst ihn leidenschaftlich. Eines Nachts sprengt sie die Hülle ihres Gefängnisses, nackt streckt sie sich auf der Bergkuppe aus und blickt in den Sternenhimmel. Sie läuft zum See, springt hinein und lässt sich auf dem Wasser treiben. Dann fallen ihr die Zeitungen wieder ein, die sie unbedingt austragen muss.

Sie zieht mit dem Bollerwagen durch Kall. Auf der Urft-brücke bleibt sie stehen, sieht in der Morgendämmerung, wie Großvater und Gregor ihr zuwinken, ehe sie im Frühnebel des Flusses mit ihrem Faltboot verschwinden.

Herr Vallentin findet Nina auf seinem morgendlichen Spaziergang, sie liegt bewusstlos am Brückengeländer. Sie hat eine Platzwunde am Kopf und ist verwirrt, ihre Zeitungen treiben im Fluss.

Im Spätsommer 2006, zum Ende der großen Hitze und der gelben Stoppelfelder (處暑 / 处暑, Chǔshǔ), sitzen die Grauköpfe an ihrem Stammplatz und sprechen über das Wettangeln, das vorerst das letzte Mal stattgefunden hat. Einer von ihnen, ein passionierter Angler, hatte am besagten Wettkampftag seit dem frühen Morgen, in eine warme Decke gewickelt, auf einem Klappstuhl am Ufer gesessen und nur Fische gefangen, deren Fleisch nach modrigem Schlamm schmeckte und ungenießbar war. Er berichtet, alle Teilnehmer hätten viel weniger gefangen als in den Jahren zuvor, was damit zusammenhänge, dass Forellen und Hechte es vorzögen, bei der Hitze der letzten Wochen im tiefen Wasser zu bleiben. Außerdem habe man im Frühjahr keine Jungfische mehr eingesetzt, denn man sei fest von der Trockenlegung des Stausees noch in diesem Sommer ausgegangen.

Aber der Baubeginn hatte sich verzögert, weil eine Fraktion im Gemeinderat gegen den Ausbau gestimmt hatte, nun müssen weitere Umweltgutachten vorgelegt werden. Raimund und Caspary telefonieren fast täglich mit Ratsmitgliedern und dem Bürgermeister, dem Planungsbüro und möglichen Investoren. Die Lokalpresse hat in den letzten Monaten immer wieder von den geplanten Bauarbeiten am Stausee berichtet und die Zukunft des Urftlandes in den schönsten Farben geschildert. Die Befürworter des Projekts befinden sich mittlerweile in der Mehrheit. Nachdem die Zuflüsse des Stausees abgeleitet sind, soll zuerst das Wasser abgelassen werden, damit man eine Barriere vor der alten Staumauer errichten kann. Diese hat die Funktion, das aus den vielen kleinen Zuläufen nachströmende Wasser aufzufangen und so einen trockenen Bereich für die Arbeiten an der Staumauer zu schaffen. Das letzte Mal war der See abgelassen worden, als die Grauköpfe noch Kinder gewesen waren, damals, um die Staumauer am Sockel mit Bitumen zu streichen. Mittlerweile hatte der Teeranstrich Blasen geworfen, die Mauer war rissig geworden; es hatten sich Hohlstellen im Beton gebildet, und die Spannglieder der Brücke – die wichtigsten tragenden Teile – waren korrodiert. Die Bauarbeiten würden viele Monate dauern; so lange müsste der See trockenliegen, und die umliegenden Hotels, die von den wenigen Sommergästen des Urftlandes leben, würden große finanzielle Einbußen erleiden. Während sie das Thema weiter diskutieren, erregt eine Frau ihre Aufmerksamkeit. Sie trägt ein Kleid, das ihre zierliche Figur betont, hat ein Muttermal oberhalb der Lippe und kurze, kupfern schimmernde Haare. Sie hört die Grauköpfe hinter ihrem Rücken tuscheln, versteht aber kein Wort. Als ihr Handy klingelt, flüstert sie: «Ja, ich komme», steht auf, zieht ihr Kostümjäckchen an, läuft über den Parkplatz zur Gaststätte von Evros und verschwindet aus dem Blickfeld der Alten.

Am Supermarkteingang werden bunte, mit Helium gefüllte Luftballons an Kinder verteilt.

Die Frau betritt die Gaststätte, wo Zehner, an der Theke hockend, vor sich hin plappert: *seij hätt jeschreit wie verröck, unn jewinselt, datt se seij en Rouh losse sollte: «Lott mich!!!» Unn dann hätt seij möt Füüss wedde de Düer jeschlaare, jetrommelt. Sie sollen se en Rouh losse, verdamp noch mohl!* «*Lott mich zefredde.*» Hätt ött jeroofe … Im Treppenhaus, durch das die Frau geht, steht eine bemalte Milchkanne mit Plastikblumen, ein Strauß Lilien mit staubigen Blütenblättern. Das Gerede Zehners klingt der Frau noch in den Ohren, seine anzüglichen Bemerkungen, die sie sich hat anhören müssen, als sie an der Theke vorbei ins Treppenhaus eilte. An der Wand hängt eine topografische Karte, eingerahmt von Werbeanzeigen der örtlichen Sparkasse, von Autohäusern, des Supermarkts, des Zementwerks und der Futtermühle. Man kann dem Verlauf des Flusses folgen, der durch das felsige Tal fließt, sieht den Stausee, eine blaue Fläche, groß wie ein Centstück. Jemand hat vor langer Zeit mit einem Kugelschreiber Kringel um kleine Dörfer mit Namen wie Hunscheidt, Krekel, Sistig, Wahlen und Keldenich gemalt. Auf der ersten Etage führt ein schmaler Flur zum Frühstückszimmer, zu einer Fernsehecke, einer kleinen Bar, an der sich die Gäste selbst bedienen können.

Das Zimmer befindet sich im dritten Stock; es hat eine Gaube, ein dicht an die Wand gerücktes, unter einer Schräge stehendes Bett, einen Sessel mit einem runden Tischchen und einem Balkon zum Wehr und zum Parkplatz des Supermarkts hin. Neben dem Zugang zum Balkon befindet sich ein Sessel, auf dem Schreibtisch liegen etwas Schinken, alter Ziegen- und Schafskäse – sie verträgt keine Kuhmilch –, zwei Brötchen, ein Schälchen mit schwarzen Oliven und Weißwein. Als sie an die Zimmertür klopft, hört sie Schritte; von innen wird aufgeschlossen. Er zieht sie schnell herein, legt seine Hände auf ihre

Schultern. Sie mag seine Augen, die ihr bei ihrer ersten Begegnung sofort aufgefallen waren und sie verführt hatten. Als sie sich umarmen, hören sie, wie Arbeiter über den Flur gehen. Er flüstert, er habe nur mit Mühe noch ein Zimmer bekommen, denn alles sei mit Ingenieuren und Bauarbeitern belegt, die am Stausee Vermessungen durchführen. Sie zieht das Jäckchen aus und hängt es auf einen der Bügel, dann küssen sie sich. Sie muss sich dabei auf ihre Zehenspitzen stellen, weil er fast einen Kopf größer ist als sie. Er schmeckt den Kaffee, den sie getrunken hat. Sie lieben sich, liegen auf dem Bett. Die Verandatür, die auf den Balkon hinausführt, steht offen, und der zugezogene Vorhang weht von einem Windstoß ins Zimmer. Ein Luftballon schwebt dicht überm Rauschen. Das kleine Mädchen, das ihn versehentlich losgelassen hat, weint und läuft dem Ballon hinterher zum Ufer.

Es gibt Momente im Café, da ist es vollkommen still; dann ist es, als würden sich alle Anwesenden auf dem Grund eines Sees befinden und wortlos umherwandeln oder Schauspieler in einem Film sein, der gerade im stummgeschalteten Fernsehapparat läuft.

Otti erzählt Lydia am Telefon von Paul. Seine Mutter will jede Kleinigkeit wissen. Als Otti erwähnt, er sei öfter mit Nina zusammen, spürt sie, dass Lydia ganz und gar nicht begeistert ist. «Meinst du, er hat was mit ihr?» Otti verscheucht, während sie mit ihrer Freundin spricht, die Wespen, die auf dem Zuckerguss des Gebäcks herumkrabbeln. «Nina hat sich verändert», sagt Otti, «du würdest sie kaum wiedererkennen. Sie hilft jetzt sogar manchmal hier aus.» Lydia sagt, sie hätten jetzt eine Kreuzfahrt gebucht,

Paul würde doch nicht mit ihr reden wollen; sie könne das auch irgendwie verstehen. Sie telefonieren fast eine halbe Stunde, und Otti muss aufhören, als die Chefin aus der Zentrale in den Laden kommt. Otti hat gar nicht bemerkt, dass Nina mit einer anderen Frau vom Sozialamt an einem Tisch sitzt; die vorherige ist wegen Überschreitung ihrer Kompetenzen vom Dienst suspendiert worden, und man hat sie seither auch nicht mehr im Laden gesehen. Nina sitzt mit der Neuen am Tisch und lacht, beantwortet alle Fragen. Bald wird sie volljährig sein und in Ruhe gelassen werden.

Seidenkleid und Lotusschuhe

Sophia las in ihrem Wintergarten ein Buch über chinesische Kunst, das sie in der Gemeindebibliothek über Fernleihe ausgeliehen hatte. Früher war sie regelmäßig nach Köln zur Stadtbibliothek gefahren, hatte dort im Lesesaal gearbeitet und vom Fenster aus zum Haubrich-Hof geblickt, auf die Pracht der blühenden japanischen Kirschbäume und das kleine Café, in dem sie gerne gesessen hatte. Inzwischen war ihr die Zugfahrt zu mühsam geworden; sie blieb lieber zu Hause. Sie arbeitete jetzt am elften Vers des *Daodejing*.

一个轮子有三十个轮幅，中间是一个轮毂——
空洞的中心，而我们存在的使命便是从这种空洞中逃离。只
有当我们知道什么是丑时，我们才能在空洞中意识到美的存
在。

Die dreißig Speichen eines Rades und der Nabe im Mittelpunkt, die Leere des Mittelpunktes, von der Bestimmung unseres Seins aus dieser Leere, in der die Schönheit als Schönheit nur erkannt werden kann, wenn wir uns des Nichtschönen bewusst sind.

Dann und wann unterbrach Sophia ihre Lektüre und sah zum Fluss hinunter, wo die Uferschwalben sich wie immer am Ende des Sommers zur Abreise sammelten. Ihr wurde schwindlig, in letzter Zeit immer häufiger. Sie konnte sich lange nicht mehr so gut konzentrieren wie früher und kam mit ihren Briefen zum *Daodejing* immer langsamer voran. Vor ihren Augen verschwamm alles, und sie glaubte dann, die Umrisse ihres verstorbenen Mannes zu erkennen. Er stand in den Stromschnellen hinterm Wehr und fischte. Die Bilder wurden allmählich so deutlich, als würde sie durch ein Fernglas blicken. Eugen trug hohe Watstiefel, eine ärmellose Weste mit Taschenapplikationen und seinen Anglerhut, an dem Blinker baumelten. So war er früher, sobald er von seinen Reisen zurückgekommen war, zum Fischen aufgebrochen. Eugen hatte beteuert, er brauche das, um wieder zu Hause anzukommen. Nach dem Angeln war er immer zuerst bei Roussel eingekehrt, wo er mit Vincentini, Zehner und den anderen zusammengesessen hatte. Meist war er erst spät in der Nacht angetrunken zu ihr gekommen, um ihr «beizuwohnen», ein seltsam antiquierter Ausdruck, den er benutzt hatte, wenn es um körperliche Liebe ging. Nach Bier, Schnaps und Zigarren riechend, hatte er von ihr verlangt, ein chinesisches Seidenkleid und Lotusschuhe zu tragen, in denen sie kaum hatte gehen können. Von seinen Chinareisen hatte er ihr stets teure Seidenkleider und viel zu kleine Schuhe mitgebracht, in die sie sich hineinzwängen musste. Seine Hände hinterm Kopf verschränkt, hatte er sie kritisch vom Bett aus gemustert und immer etwas an ihr auszusetzen. Dann hatte er ihr die Schuhe ausgezogen, sie gestreichelt, ihre Zehen geküsst und ihr erzählt, es gebe in China schöne Frauen mit zierlichen Füßen, die kleiner seien als ihre Hände. Sophia war klar, dass sie Eugen aus dieser Entfernung gar nicht hätte erkennen können. Sie versuchte, sich wieder auf ihre Lektüre zu konzentrieren, konnte sich aber nicht von der Vorstellung lösen, dass Eugen dort unten am Fluss angeln könnte, genauso, wie er es früher getan hatte. Ungeduldig wartete sie darauf, dass er nach Hause kam.

Am Morgen stehen die Grauköpfe im Nebel auf der Staumauer; die wenigen Touristen sind abgereist, der Kiosk am Rande der Staumauer hat geschlossen. Abfall aus umgefallenen Papierkörben weht über die Dammkrone. Während der Nebel sich auflöst, sehen sie Kormorane, die auf der kleinen Insel inmitten des Sees hocken und ihr ausgestrecktes Gefieder von der Morgensonne trocknen lassen. Im Grunde haben die Arbeiten an der Staumauer noch gar nicht richtig begonnen, man hat lediglich mit dem Abfischen angefangen. Auf der Dammkrone stehen die Container mit den Büros der Bauleitung und den Belegschaftsräumen. Die Polen haben kurz bei Evros logiert, sind dann aber plötzlich wieder verschwunden. Die Alten versuchen, von Evros etwas über die Hintergründe zu erfahren, aber der Wirt antwortet nur, alle hätten ihre Rechnungen bezahlt und beteuert, im Frühjahr wiederzukommen, die Zimmer seien bereits von der Firma reserviert. Offiziell wird der Baustopp, obwohl der Herbst gerade erst begonnen hat, mit dem baldigen Wintereinbruch und den zu erwartenden widrigen Wetterbedingungen begründet.

Wenn seine Nachtschicht vorüber ist, steigt er in Köln-Süd in den ersten Zug, um bei Otti zu frühstücken. Seine grauen Haare hat er zu einem Pferdeschwanz gebunden. Er setzt sich auf die sonnenbeschienene Veranda. Heute ist er zwei Stunden später gekommen als sonst; er erzählt Otti, die ihn schon vermisst hat, sein Zug habe wegen eines Personenschadens auf der Strecke gestanden. Er blickt dann auf den Parkplatz, auf dem sich junge Männer aufhalten; sie trinken Dosenbier, rauchen und hören Musik mit ihren Smartphones. Einer von ihnen hat die Haare auf einer Seite bis auf ein paar Millimeter abrasiert, auf der anderen Seite fallen sie violett leuchtend herab.

Einer der alten Männer verschränkt die Arme vor der Brust und streckt die Beine so weit aus, dass er fast vom Stuhl zu rutschen droht; er beobachtet missbilligend ein Pärchen, das sich in letzter Zeit oft hier trifft. Die Hände der beiden berühren sich. Abrupt zieht der Mann seine Hand weg, flüstert verlegen, die Alten an dem Tisch unterm Spiegel würden schon gucken. Einer von ihnen kennt den Ehemann der Frau bereits seit dessen Lehrlingszeit im Autohaus, ist per Du mit ihm; letzte Woche hatte dieser wieder einmal seinen Ascona TÜV-fertig gemacht und für seine Treue dem Auto gegenüber Verständnis gezeigt.

In diesem Herbst 2006, zur Zeit des warmen Taus und der fallenden Blätter (白露, Baílù), hatte Sophia mit Mimie zum letzten Mal eine Tour durch die Eifel gemacht; gemächlich kutschierten sie im Mercedes mit offenem Verdeck über die ihnen seit ihrer Jugend vertrauten engen Landstraßen. Die Luft war auch mitten im Herbst noch mild und von den Fäden der Witwenspinnen durchzogen, vereinzelt trudelten welke Blätter auf die Straße. Vincentini hatte Sophias alten Mercedes, der das ganze Jahr über nicht gefahren worden war, zur Inspektion gebracht; danach hatte er ihn vor der Haustür geparkt, weil er von ihren Problemen wusste, den Wagen rückwärts aus der Garage zu fahren. Er hatte sogar im Innenraum Staub gewischt, das Armaturenbrett aus Ebenholz glänzte wie eine frisch polierte Antiquität. Der Motor laufe wie ein Uhrwerk, sagte Vincentini begeistert, als er ihr die Schlüssel übergab. Der Mercedes war Eugens ganzer Stolz gewesen; er hatte ihn liebevoll gepflegt, und tatsächlich sah der Wagen mit seinen Weißwandreifen und den roten Ledersitzen aus, als sei er kein Oldtimer, sondern gerade aus der Fabrik gekommen. Sophia fuhr nicht gerne Auto und machte den Ausflug nur Mimie zuliebe. «Ich glaube, es gibt Männer, die würden dich wegen des Autos heiraten», sagte Mimie. Dabei hatte sie zu Vincentini hinübergesehen, der in seine rostige Pritsche gestiegen war und versuchte, sie zu starten. Als Eugen noch gelebt hatte, war nur er mit dem Mercedes gefahren, hatte Sophia niemals ans Steuer gelassen. Sie hatte neben ihm gesessen und es genossen, die vorbeiziehende

Landschaft zu betrachten. Jetzt fiel ihr das Fahren immer schwerer; manchmal wusste sie nicht mehr, wie genau sie von einer Ortschaft zur anderen gelangen sollte. Sie überlegte, den Führerschein abzugeben. Es wurde immer anstrengender, sich über längere Zeit zu konzentrieren. Zudem schwärmte Mimie dauernd von ihrem neuen Liebhaber. Schon als ihr Mann noch lebte, hatte sie geheime Liebschaften gehabt. Obwohl Sophia diesen Lebenswandel nicht akzeptieren konnte, zog Mimie sie ins Vertrauen und berichtete ihr jedes noch so peinliche Detail. «Ich habe nie verstanden, warum du nicht noch einen anderen Mann kennenlernen wolltest», sagte Mimie. «Für die Liebe ist es nie zu spät, versuch es doch mal mit deinem Vincentini», schlug sie spöttelnd vor. «Er ist nicht mein Vincentini, ich finde ihn nett, aber das ist alles. Ich glaube auch nicht, dass er so ist, wie du ihn dir vorstellst.» «Nein, er ist bestimmt noch viel schlimmer.» Mimie hatte das Seitenfenster heruntergekurbelt und stützte sich mit ihrem Arm lässig auf dem Rahmen ab. Die beiden fühlten sich wieder jung, ein Lied der Beach Boys schepperte aus den Lautsprechern des Autoradios.

Do you want to dance and hold my hand?
Tell me baby I'm your lover man
Oh baby, do you want to dance?
Do you do you do you do you want to dance
Do you do you do you do you want to dance

Sophia dachte an ihre Jugend, an den See und an Darius, sang laut mit und nickte mit dem Kopf zum Rhythmus.

Do you do you do you do you want to dance
Well do you want to dance under the moonlight?
Squeeze me baby all through the night

Es kam Sophia vor, als würden sie durch eine unbekannte Gegend fahren; sie spürte den Schwindel aufsteigen, alles drehte sich, und hätte sie nicht im letzten Moment angehalten, wären sie im Straßengraben gelandet. Sie setzten sich auf eine Bank am Fluss, kletterten, als es ihr wieder besser ging, die Uferböschung hinunter, zogen Schuhe und Strümpfe aus und kühlten ihre Füße im Wasser. Auf der Weiterfahrt waren sie ruhiger, speisten in einem Ausflugslokal, fuhren anschließend nach Prüm zur Basilika, wo Sophia während ihrer Schulzeit im Chor des Lyzeums gesungen und später Eugen geheiratet hatte. Am Marktplatz tranken sie einen Kaffee, sahen von dort zu der rosa getünchten Basilika mit ihren barocken Türmen und den Statuen der Stauferkönige neben dem Portal hinüber. Dann fuhren sie weiter nach Luxemburg, wo sie in ihrem kleinen romantischen Hotel in der Nähe der Kasematten übernachteten. Am nächsten Morgen machten sie sich nach dem Frühstück gemächlich auf die Heimreise. Um die Mittagszeit kamen sie wieder im Urftland an. Sie hielten am Stausee, der im Rund der bunten Bäume in der milden Herbstsonne lag. Auf der Wiese des Badestrandes sahen sie die abgebaute Schwimmburg, auf der Dammkrone einen verwaisten Lastkran. Die Arbeiten hatten nicht beginnen können, da Raimund immer noch nach einem zweiten Kreditgeber suchte. Sophia hegte die heimliche Hoffnung, dass er keinen neuen Investor mehr finden und nichts aus dem Projekt werden würde. Sie parkte das Auto am Ufer. Untergehakt spazierten sie um den See. Auf dem ins Schilf führenden Steg kauerte Paul Arimond in seinem Rollstuhl. «Armer Kerl», sagte Mimie. Nina war mutig hinausgeschwommen, und Sophia überlegte kurz, vom Steg aus nach ihr zu rufen. Das Mädchen hatte sich verändert, war lange nicht mehr so verschlossen wie früher. Sophia glaubte, es hinge mit Paul zusammen. Sie hatte in letzter Zeit versucht, ihr ein wenig Schulbildung nahezubringen, anscheinend hatte sie kaum etwas während ihrer Schulzeit gelernt. Niemandem schien aufgefallen zu sein, dass sie nicht richtig lesen konnte. Vielleicht wollten die Lehrer es auch nicht bemerken, um sich keine Mühe mit ihr geben zu müssen. Als Sophia zum ersten Mal mit ihr geübt hatte, musste sie feststellen, dass Nina zwar schreiben, aber sonderbarerweise kaum lesen konnte. Was sie schrieb, schien für sie wie ein Traum zu sein, an den sie sich später nicht mehr erinnern konnte. Sie benutzte erfundene Wörter und kannte so gut wie keine Orthografieregeln. Dabei war sie intelligent, hatte ein gutes Gedächtnis, behielt alles, was man ihr einmal gesagt hatte. Sophia hatte schließlich herausgefunden, dass das Mädchen an einer sehr seltenen, genetisch bedingten Leseschwäche litt, in der Wissenschaft *Alexia sine Agraphia* genannt. Um nicht verrückt zu werden, müssen Menschen mit dieser Störung schreiben oder vielmehr einfach nur kritzeln. Sophia bezweifelte, ob man das, was Nina machte, überhaupt Schreiben nennen konnte – vielleicht war es auch eher eine Art Träumen. Von klein auf hatte sie Hefte mit seltsamen, kaum entzifferbaren Zeichen gefüllt, die schon, während sie schrieb, ihre Bedeutung für sie verloren. Sophia hatte für Nina einen Stundenplan mit verschiedenen Fächern entworfen. Beim Lesen machte sie zwar nur sehr langsam Fortschritte, in allen anderen Bereichen hatte sie aber keine Schwierigkeiten. Da sie nachts ihre Zeitungen austrug, war sie oft unkonzentriert, manchmal nickte sie an Sophias Schulter ein.

Die beiden Freundinnen spazierten weiter am Ufer entlang zu dem Restaurant. Dort saßen sie bis zum Sonnenuntergang auf der Terrasse und blickten auf den See, das letzte Mal, bevor das kleine Gasthaus verschwunden sein würde.

Paul ist lange nicht mehr in der Cafeteria gewesen, die Grauköpfe hatten sich schon gewundert. Wie sie jetzt wissen, hat er die ganze Zeit über grübelnd in seiner Wohnung gesessen. Durch die Verletzung seines Gehirns hatte sich eine Wucherung gebildet, die für seine Ohnmachtsanfälle verantwortlich war und seinen Bewegungsapparat beeinträchtigte. Die Gefahr bestand, dass die Hirnregionen, die für das motorische Gleichgewicht verantwortlich sind, irgendwann so gestört wären, dass nur noch einfache Funktionen ausgeübt werden könnten, mit der Folge einer weitgehenden Lähmung. Er musste sich entscheiden, ob er weiter ein Leben in einem hoffnungslosen und sich wahrscheinlich verschlimmernden Zustand im Rollstuhl fristen oder ob er noch weitere Operationen über sich ergehen lassen wollte, mit dem Risiko einer vollständigen Lähmung. Als Nina zuletzt bei ihm an die Tür geklopft hatte, öffnete er auch ihr nicht, gab noch nicht einmal eine Antwort. Sie hatte Angst gehabt, er läge hilflos in seiner Wohnung; vielleicht war er gestürzt oder hatte sich etwas angetan. Wie die Alten jetzt wissen, war er eines frühen Morgens mit einem Krankentransport in ein Bundeswehrkrankenhaus irgendwo in Süddeutschland gefahren worden; von dort aus wurde er zu einer Spezialklinik geflogen. Keiner wusste, wo genau er sich im Moment aufhielt und was mit ihm geschah. Er hatte niemandem gesagt, wie lange er wegbleiben würde, ob er überhaupt wieder zurückkäme. Otti erzählt dies alles Lydia. Ihre Freundin fängt wieder an zu weinen. «Ich habe ihn nicht fragen können, er hat sich einfach nicht mehr blicken lassen», sagt Otti. Sie versucht, Lydia zu trösten, sagt, sie werde anrufen, sobald sie mehr wisse. Otti hat keine Zeit, länger mit ihr zu telefonieren; sie muss sich wieder um die Kunden kümmern.

Am Nachmittag betritt ein seltener Gast das Café; den Hosenbund hat er bis unter die Brust hochgezogen, auf dem Hals sitzt ein großer Kopf. Er setzt sich, pustet den weißen Staub des Süßstoffs von der Tischplatte. Seinen fleckigen Hut legt er neben sich auf die Bank und wickelt seinen Schal vom Hals. Darunter kommt ein spitzer Kehlkopf zum Vorschein, von dem einige lange graue Haare abstehen. In seiner Kindheit ist er häufig krank gewesen, die Schultern sind verwachsen. Die alten Männer kennen ihn, er stammt aus einer alteingesessenen Kaller Familie von der spanischen Seite, seine Verwandten leben mittlerweile alle in Düsseldorf und Essen oder sonst irgendwo, weit entfernt; seit Jahrzehnten hat er keinen Kontakt mehr zu ihnen. Die einzige Ausnahme ist eine Nichte, die ihn ab und zu anruft und jedes Mal verspricht, ihn zu besuchen, aber nie kommt. Er hat ihr erzählt, er besitze Bauland am Stausee. In Wirklichkeit aber gehört alles längst der Bank, die das Land vor Kurzem an Caspary und Raimund Molitor weiterverkauft hat.

Seit Paul weg war, kam Nina jeden Nachmittag zu Sophia und blieb bis zum Abend bei ihr. Sie wollte unbedingt lernen und war darauf aus, Neues zu erfahren. Sophia musste sie nicht mehr auffordern zu arbeiten. Sie hatte in kurzer Zeit große Fortschritte gemacht, konnte sogar ein wenig lesen, worauf Sophia sich viel einbildete. Sie wusste, es gab Schüler, die sich von einem Tag auf den anderen änderten; meist war der Grund dafür nicht auszumachen. Für einen Außenstehenden war es kaum möglich zu erkennen, was Nina so verändert hatte; vielleicht war es Paul Arimond. Sie redete oft von ihm, schien traurig zu sein, dass er nicht mehr da war. Sie wusste nicht einmal, wo er sich jetzt aufhielt. «Er wird sich schon wieder melden, wenn er dich gern hat», tröstete Sophia sie.

Nina war auf dem Sofa eingeschlafen, und Sophia betrachtete sie. Als Raimund ihr vor einigen Tagen im Treppenhaus begegnet war, hatte er das Mädchen nicht erkannt und seine Mutter neugierig gefragt, wer die hübsche junge Frau gewesen sei. Nina glich immer mehr ihrer Mutter. Manchmal las Sophia in Ninas zerfledderten Heften, die sie in all den Jahren vollgekritzelt und im Fass versteckt hatte. Sie hatte eines Tages einen vollen Koffer angeschleppt. Sie sagte, viele ihrer Hefte seien ihr weggenommen worden. Als Sophia den Inhalt einigermaßen entziffern konnte, war sie entsetzt über das, was sie las. Man müsste die Frau anzeigen, dachte sie verbittert. Aber sie wusste nicht, wo die Grenzen zwischen Fantasie und Wirklichkeit bei Nina verliefen. Das Mädchen hatte alles festgehalten, ohne zu wissen, was sie schrieb, wie ein Vogel, der Melodien trillert und keine Ahnung von ihrer Schönheit hat, der nicht einmal weiß, warum er singt. Irgendwann würde Nina lesen, was sie aufgeschrieben, was sie nachts auf den Straßen beobachtet hatte, was sich hinter den Mauern der Häuser abspielte, was die Graußköpfe sich erzählten. Auch Paul Arimond tauchte in den Heften hin und wieder auf, zu einer Zeit, als Nina noch ein kleines Mädchen gewesen war und bei ihren Großelltern gelebt hatte. Sophia dachte, die Dinge des Lebens ließen sich zeigen, vielleicht beschreiben, niemals aber könne man wissen, was sie bedeuteten. Sie stellte sich Gregors Reise auf dem Ozean vor, wie er in seinem kleinen Boot immer weiter trieb; das Meer war wie ein riesiger fliegender Teppich, tropische Vögel kreisten, Fliegende Fische klatschten auf die Wellen. Im Laufe des Tages drehte sich der Wind immer wieder, Flaute wechselte mit Gegenwind, exotische Schmetterlinge flatterten über dem Wasser, ließen sich auf dem Boot nieder und flogen weiter, nachdem sie sich ausgeruht hatten. Nachmittags kam eine Brise auf, abends verwandelte die Sonne den Himmel in ein dämmriges Rosa. Gregor stand nackt im Boot, groß, bärtig und braun gebrannt, wusch sich und aß dann zu Abend. Die Sonne verschwand am Horizont, kleine helle Wolken schoben sich zusammen. Es wehte kein Wind mehr, unten im Wasser funkelten Millionen winziger phosphoreszierender Lebewesen. Der Ozean war nun eine Fläche ohne das geringste Kräuseln, nur das leise Plätschern am Rumpf des Bootes war noch zu hören. Sterne glänzten in der pechschwarzen Nacht, und die

Welt war so riesig, dass selbst das weite Meer wie ein winziger Punkt erschien.

Die Grauköpfe beobachten eine Frau, die aus ihrem Wagen steigt und mit der Jacke überm Kopf durch den Regen zum Supermarkt läuft. Sie ist erst vor zwei Jahren nach Kall gezogen, arbeitet als Sekretärin bei einem Reifengroßhandel im Industriegebiet. Sie trägt Stoffschuhe, Jeans und eine kurzärmlige Bluse. Sie kauft ein, kommt danach mit dem Wagen voller Lebensmittel ins Café und setzt sich an einen Tisch. Gedankenverloren dreht sie ihre nassen Haare um den Zeigefinger, wobei widerspenstige Löckchen entstehen. Sie kontrolliert akribisch ihren Kassenzettel, nimmt schließlich ihr Handy zu Hilfe, um die einzelnen Posten nachzurechnen. Sie beißt sich dabei auf die Lippen, sieht auf einmal versonnen nach draußen in den Regen, streift ihre Turnschuhe ab und krümmt die Zehen in den feuchten Strümpfen.

Am Bahnhof wartet ein Linienbus auf die Ankunft des Zugs.

Einer der Alten geht langsam zur Theke, bestellt bei Otti ein Rosinenbrötchen und Kaffee, den er sich mit heißem Wasser verdünnen lässt. Er hat ein krankes Herz, ist kurzatmig und schwächlich geworden. Vor seiner Pensionierung hat er eine leitende Stellung in der Molkereiverwaltung innegehabt, ist für den Ein- und Ausgang der Waren zuständig gewesen. Als er wieder an seinem Platz sitzt, pult er die Rosinen aus dem Brötchen und legt sie auf die Untertasse.

Im Regionalteil der Zeitung wird einmal mehr über die Arbeiten am Stausee berichtet. Man rechnet nun definitiv nicht mehr damit, dass er noch vor dem Wintereinbruch trockengelegt werden wird.

Lünebachs Rückkehr

Lünebach war davon überzeugt, den Grund des Universums erreicht zu haben, mitten ins Zentrum einer gigantischen Honigwabe vorgedrungen zu sein, in eine Welt, deren Knotenpunkte von Galaxienhaufen besetzt waren, wo die Lebensenergien sich aus dem süßen Inneren durchlässiger, wachsartiger Zellwände speisten, ewig explodierende Sterne funkelten, die einer nach dem anderen zerfielen und nach Jahrmillionen neu entstanden, ein Universum aller möglichen wahrnehmbaren Dinge. Er hatte inzwischen Milchstraßen mit Milliarden von Sternen bereist, hatte herausgefunden, dass dieselbe Energie, die einen Stein zur Erde fallen lässt, Galaxien mit unsichtbaren Ketten verbindet, auch die Liebe entzünden und erlöschen lassen kann, und dass der gesamte Kosmos sich zu harmonisch schwingenden Melodien bewegt. In seinem Zahnarztstuhl schlummernd, hatte Lünebach geträumt, er befinde sich in einer unendlich großen Falle, aus der es kein Entrinnen gab. Seine Reise war ihm danach völlig sinnlos erschienen. Er wusste nicht mehr, wie lange er schon unterwegs gewesen war – alle Uhren, die er mitgenommen hatte, waren längst stehen geblieben; er blickte durch die Bullaugen der Kapsel und gewahrte, wie er an einem Fallschirm zurück zur Erde schwebte. Seinen Berechnungen zufolge war er mitten ins Gravitationsfeld seiner einstigen Heimat eingetaucht; so glaubte er bald, das Zementwerk, die Steinbrüche, die Bahnlinie, den Supermarkt und den Stausee zu erkennen. Als seine Raumkapsel aufs Wasser aufschlug, war es Nacht, und auf dem

See spiegelten sich dieselben Sterne, die das hoffnungsvolle Ziel seiner langen Reise gewesen waren. Er spürte einen Druck, der ihn in den Sitz presste, der nachließ, je tiefer er im See versank. Er fiel langsam, bis er am Grund angelangt war, wo sich sein Gefährt im schwarzen Schlamm eingrub. Der aufgewirbelte Boden und die Schwebstoffe trübten seine Sicht. Kein einziger Lichtstrahl war je in diesen Teil der Welt gedrungen. Lünebach musste seine Kapsel verlassen, seine Sauerstoffvorräte gingen zur Neige. Er löste die Gurte, setzte den Helm auf, öffnete die Luke, kappte alle Verbindungskabel und stieg aus seiner Kapsel. Er war jetzt auf sich gestellt, bewegte sich langsam über den Grund des Sees, konnte im schwachen Lichtschein seiner Lampe nur diffuse Umrisse von Dingen erkennen, die man im Lauf der Jahre im See versenkt hatte. Jeder seiner Schritte führte ihn weiter ins Ungewisse; weiß leuchtende Fische umkreisten ihn mit ihren weiten Flügelflossen und blickten ihn mit großen Augen an. Er bewegte sich langsam durch die Tiefe und registrierte alles, als müsste er Beweise für die Existenz außerirdischer Lebewesen sammeln. Durchsichtige, fluoreszierende Quallenwesen zogen rhythmisch ihre Muskeln zusammen und schwebten in der Dunkelheit. Plötzlich stand er vor einer riesigen Betonmauer, spürte, wie ihm vom Sauerstoffmangel schwindlig wurde, und beschloss aufzusteigen. Er löste die Bleigewichte an Armen und Beinen und tauchte langsam der Oberfläche entgegen.

Im Winter ruhen die Arbeiten am Staudamm immer noch. Über Wochen herrschen tiefe Minustemperaturen, der See ist zugefroren. Da man bereits mit dem Ablassen des Wassers begonnen hat, ist der Wasserstand niedriger als sonst. Herr Vallentin fährt mit Isabell zum Stausee. Es ist ihr erster gemeinsamer Ausflug. Kurz nachdem sie sich kennengelernt hatten, hat sie ihm erzählt, sie sei früher für ihr Leben gerne Schlittschuh gelaufen, woraufhin er sich überwunden und sie zum Schlittschuhlaufen eingeladen hatte. Doch Isabell hat ihm nicht gesagt, welch kunstvolle Pirouetten sie drehen kann und wie anmutig sie sich auch auf dem Eis zu bewegen versteht. Während sie übers Eis gleitet, schlittert er unbeholfen hinterher und setzt sich ein ums andere Mal auf seinen Hosenboden; als er wieder einmal stürzt, glaubt er, unter dem Eis ein seltsames Gebilde auszumachen. Es ist nur verschwommen zu erkennen. Isabell lacht herzhaft, wie er, bäuchlings liegend, mit seinen Handschuhen ausdauernd über eine Stelle auf dem Eis wischt. Herr Vallentin ist sich nicht sicher, ob sie sich über ihn lustig macht. Auch einige Kinder entdecken später beim Schlittern das Gebilde unterm Eis.

Als die Grauköpfe davon erfahren, macht sich sofort eine Delegation auf den Weg. Sie stapfen durch den frisch gefallenen Schnee zum Ufer und wagen sich sogar vorsichtig ein Stück aufs Eis. Doch die Stelle mit der Schlitterbahn der Kinder ist wegen der hohen Schneedecke nicht mehr auffindbar. Die Alten trösten sich damit, dass spätestens im Frühjahr, wenn das Wasser abgelassen wird, alles zum Vorschein käme, was auf dem Grund des Sees liegt. Sie warten gespannt darauf, endlich ihre Geschichten in den auftauchenden Dingen wiederfinden zu können.

Zu ihrem Geburtstag, Anfang Dezember, bringt Otti Nina ein Stück Kuchen an den Tisch, gratuliert ihr, umarmt sie herzlich und gibt ihr einen Kuss auf die Stirn. Die Alten nicken ihr wohlwollend von ihrem Tisch aus zu. Abends lädt Otti Nina zum Essen in Antonios Pizzeria ein. Inzwischen hat Paul ihr einen Brief aus der Klinik in Nottwil im Kanton Luzern geschickt, er gratuliert ihr zum Geburtstag. Seine zittrige Handschrift ist noch eine Folge der schweren Operationen. Er schreibt, die ersten Eingriffe seien erfolgreich gewesen, er müsse aber noch einmal operiert werden, vielleicht könne er dann wieder laufen. Dem Brief legte er eine Ansichtskarte vom Entlebuch und den schneebedeckten Bergen bei; auf die Rückseite hat er noch unbeholfen drei Sperlinge gezeichnet, die auf dem Geländer seines Balkons herumhüpfen. Er entschuldigt sich, dass er einfach so weggegangen sei und sich erst jetzt bei ihr melde. Er habe mit sich selbst klarkommen müssen, denke aber oft an sie. Er schreibt vom freundlichen Klinikpersonal, den Patienten, die viel schlechter dran seien als er, oft völlig bewegungsunfähig und ohne Hoffnung auf Besserung; dennoch seien die meisten guten Mutes, was bestimmt mit der besonderen Atmosphäre der Klinik zu tun habe. In der obersten Etage gebe es eine gut bestückte Bibliothek für das Personal und die Patienten, eine Cafeteria, von der man auf den Sempachersee hinunterblicken könne. Am Rande des Sees stehe eine Vogelstation, die er bereits besucht habe. Oft sitze er im Rollstuhl oben in der Bibliothek der Klinik und lese; er könne sich jetzt wieder etwas besser konzentrieren, die Tage seien angefüllt mit Massagen und Krankengymnastik, abends gelange er mit der Hilfe seines Pflegers ins Bett und träume davon, wieder gehen zu können. Wenn er entlassen werde, habe er vor, Biologie zu studieren. Was Paul schreibt, klingt sehr hoffnungsfroh, so, als würde sich nun alles zum Guten wenden; er erkundigt sich nach Otti und Sophia und bittet, allen Grüße auszurichten. Als Nina Otti den Brief stockend vorliest, sagt diese, Paul klinge jetzt fast so wie früher.

III

Dammsohle

Wasserspiegel

Wenn Raimund Molitor zu seiner Mutter kam, wirkte er nervös. Ständig telefonierte er mit Caspary, mit irgendwelchen Firmen oder amerikanischen Geldgebern; wenn nicht, saß er nur gelangweilt neben Sophia und wischte auf seinem Smartphone herum. Mit dem Staudamm lief es nicht so, wie er sich das vorgestellt hatte. Der Baubeginn war in weite Ferne gerückt. Jeden Morgen fuhr Raimund von Euskirchen zu seiner Sparkasse, arbeitete meist bis in die späten Abendstunden, bevor er sich auf den Rückweg machte. Bei Sophia klagte er über seine Situation in der Sparkasse, die Differenzen zwischen ihm und dem neuen Direktor. Er sagte, er müsse dessen Arbeit mit erledigen, während der nur in seinem Büro sitze und Kaffee trinke, von nichts eine Ahnung habe; er könne lediglich Reden auf Betriebsfeiern schwingen. Die Arbeit in der Bank schien Raimund nicht mehr zu interessieren; er nahm sich häufig frei und war für das Staudamm-Projekt unterwegs. Sophia fragte sich, warum er sie überhaupt besuchte, denn in Gedanken war er immer woanders. In den letzten Monaten schien er zudem gealtert zu sein und vernachlässigte sich. Er trug zwar teure Anzüge, doch zeigten sich Schuppen und Flecken auf ihnen; er war meist schlecht rasiert, wie viele Männer in seinem Alter, die unverheiratet sind und kein Interesse an einer Frau haben. Eugen war anders gewesen, hatte sich sehr um sein Äußeres gekümmert, fast ein wenig zu viel. Raimund hatte sich vor Jahren eine Eigentumswohnung in Euskirchen gekauft, in der er für kurze Zeit mit einer Frau zusammengelebt hatte. Als er mit ihr zu Besuch in der Villa gewesen war, streifte sie allzu neugierig durch das Haus, hatte unbedingt die Wohnung im Parterre besichtigen wollen und so getan, als würde Raimund bereits alles gehören und somit auch ihr. Sophia hatte nichts mehr von dieser Frau gehört. Sie wusste nicht, ob ihr Sohn Freundinnen hatte, vielleicht fuhr er nach Köln, stürzte sich ins Nachtleben. Er wich ihren Fragen immer aus, sagte lediglich, er wolle seine Ruhe haben und sich auf seine Arbeit konzentrieren. Soweit sie sich zurückbesinnen konnte, war Raimund immer ein Einzelgänger gewesen. In der Schule war er als intelligenter Streber aufgefallen, mit dem die meisten schon wegen seiner Arroganz nichts zu tun haben wollten. Vielleicht dachte er, Caspary sei sein Freund – ausgerechnet der.

Mitte März 2007 liegen alle erforderlichen Umweltverträglichkeitsstudien vor. Es ist ein ganzes Jahr vergangen, seit das Projekt zum ersten Mal der Gemeinde vorgestellt worden ist. Die Untere Wasserschutzbehörde hat nach einer Anhörung dem Rückbau und der Vergrößerung des Staudamms zugestimmt und den Baubeginn genehmigt. Es ist geplant, den Absperrdamm zu modernisieren, eine Dammmauer mit höheren Hochwasserbemessungsstauzielen zu errichten. Dadurch würden die bestehenden Sicherheitsdefizite beseitigt und eine dauerhafte Gebrauchstauglichkeit der Anlage erreicht. Zudem würde im Zuge der Sanierung der Staumauer die bestehende Wasserfläche verdoppelt, die unter anderem eine der Naherholung dienende Nutzung des bestehenden Landschaftsbestands unter bestimmten Auflagen erlaubte.

Jetzt ist der Weg endlich frei – die Zuläufe können umgeleitet und der See leer gefischt werden. Schleppnetze schleifen durch das Wasser, Karauschen, Weißfische, Rotfedern, Barsche und Karpfen verfangen sich mit Laub, Modder und Ästen in ihren Maschen. Etliche Zentner Zander, Hechte, Teichmuscheln und Krebse werden eingesammelt und in andere Gewässer umgesetzt. Danach würde das Wasser kontinuierlich abgelassen werden. Im nächsten Schritt sollen nach der Trockenlegung dann schätzungsweise dreitausend Kubikmeter an Sedimenten, die sich in den Jahrzehnten abgelagert hatten, entfernt und auf umliegende Wiesen- und Ackerflächen verteilt werden. Anschließend stünden noch die Verbreiterung der Dammkrone auf vier Meter und der Neubau des Betriebsgebäudes an der Nordseite der Dammschulter bevor. Sämtliche Arbeiten sollten spätestens in zwei Jahren, bis zum Frühjahr 2009, abgeschlossen sein.

Der Wasserspiegel des Sees sinkt nun täglich um durchschnittlich fünfzig Zentimeter. Die Grauköpfe können es kaum abwarten zu erfahren, was sich auf dem Grund des Staudamms verbirgt, den die Schleppnetze nicht erreicht haben. Jeden Morgen, sobald es hell geworden ist, steht eine Delegation von ihnen auf der Dammkrone. Gespannt beobachten sie, wie sich täglich die Wassermenge verringert, sprechen später an ihrem Stammplatz über den Fortgang der Arbeiten und zeigen sich gegenseitig Fotos, die sie mit ihren Handys gemacht haben. Noch drei Tage, schätzen sie, dann könne man an einigen Stellen den Grund sehen; alte Bäume, die von der Uferböschung in den See gestürzt sind, ragen bereits aus dem

Wasser. Eines Tages zeigt sich die Spitze eines alten Sprengbunkers; er wird vorsichtig mit einem Kran aus dem See gezogen und schwebt eine Weile über dem Wasser, bevor er vorsichtig am Ufer abgesetzt wird. In ihm entdeckt man lediglich eine Unmenge stinkenden Schlamms, einen Zahnarztstuhl und mehrere mit einer dicken Papiersuppe angefüllte Blechboxen; doch Lünebach befindet sich nicht, wie von den alten Männern angenommen, darin. Die umgebaute Kapsel bleibt am Ufer liegen, bis sie irgendwann zum Schrottplatz geschafft wird.

Vincentini und Albert frühstücken gerade, als Vincentinis Handy klingelt. Caspary brüllt ins Telefon, sie sollten sofort mit den Schalbrettern zur Staumauer kommen, wie lange er denn noch warten müsse. Die Alten sehen neugierig zu den beiden hinüber. «Ich will nicht mehr für den arbeiten», protestiert Albert, nachdem Vincentini sein Handy einfach zugeklappt hat. «Ich würde bei diesem Mistwetter auch gern etwas anderes machen.» «Er schreit und schimpft immer nur, egal, was ich mache», beschwert sich Albert. «Fällt dir was Besseres ein, womit wir Geld verdienen können?», fragt Vincentini. Sein Freund kaut und schluckt einen Bissen hinunter, in seinem Gehirn arbeitet es; er weiß wohl, dass er auf Unmut stoßen würde, wenn er wieder mit seinem Tresorschlüssel anfinge, aber er kann nicht anders. Nach seinen ersten Worten steht Vincentini auf. «Ich hab's mit eigenen Augen gesehen, der ganze Tresor ist voller Geld.» Albert, der ihm nachrennt, schaut sich argwöhnisch um und flüstert: «Wir wären dann reich und müssten nicht mehr für den blöden Kerl arbeiten.» Er trottet nach draußen. Vincentini sitzt bereits am Steuer und versucht, den Motor zu starten, aber der springt nicht an – er hat die Türen von innen verriegelt und kurbelt das Fenster herunter, als Albert an die Scheibe klopft. «Wenn du unterwegs wieder damit anfängst, werf ich dich raus», schimpft er. Es schneit, die Straßen sind glatt; sie kommen nur langsam voran, der Wagen hatte keine Winterreifen aufgezogen. Ihr Weg führt über die Seestraße hoch zur Staumauer. Am Seeufer kann man schemenhaft die Rampen erkennen, über welche die Laster und Bagger an die Staumauer gelangen. Der Vorstau wird gerade leer gegraben, Unmengen von Schlamm – alles Ablagerungen aus den Flüssen – haben sich dort angesammelt. Caspary wartet bereits ungeduldig; er stützt seine verschränkten Arme auf die Brüstung und versucht, durch die undurchsichtige Nebelbrühe hinunter auf den Seegrund zu schauen. Als er die beiden kommen sieht, schnippt er seine Zigarette weg und baut sich vor ihrem klapprigen Pritschenwagen auf. «Was denkt ihr euch eigentlich? Wann hättet ihr hier sein sollen?», keift er. Vincentini grinst ihn an und entgegnet: «Genau in diesem Moment hätten wir hier sein sollen, sonst wären wir nicht hier.» Caspary weiß nicht, was er darauf antworten soll, schüttelt den Kopf und schaut verächtlich zu Albert. «Ich hab doch klar und deutlich gesagt, dass dieser Blödmann nicht mehr für mich arbeitet.» Albert zuckt zusammen. Immer, wenn Caspary nicht mehr weiterweiß, muss Albert darunter leiden. Früher ist er bei ihm angestellt gewesen; Caspary hat ihn jedoch rausgeworfen, weil er eine tragende Mauer abgerissen hatte und das Haus daraufhin eingestürzt ist. Albert beteuert, Caspary habe ihm damals gesagt, die Mauer solle weg. Während Vincentini und Caspary sich anschreien, wirft Albert das Holz für die Verschalung von der Pritsche auf die Straße. «Nicht dahin, du Schwachmat!», brüllt Caspary. «Wie wollt ihr dann nachher wieder wegkommen? Ich versteh nicht, wie du mit dem Halbidioten zusammenarbeiten kannst.» «Und ich weiß nicht, wieso ich für dich arbeite», antwortet Vincentini grinsend. Die beiden streiten sich oft, aber es ist nie klar, wie ernst sie es meinen; wahrscheinlich wissen sie es selbst nicht. Casparys Handy klingelt, hastig kramt er in seinen Taschen. Als er es endlich am Ohr hat, blafft er: «Wo steckt ihr?» Dann wendet er sich an Vincentini: «Die Polacken. Red du mit ihnen, ich versteh kein Wort.» Er hält Vincentini, der wenige Brocken Polnisch kann, das Handy hin. Ungeduldig hört Caspary zu. «Was ist, wo bleiben die?», fragt er. «Stehen irgendwo im See.» «Was machen die da? Die sollen hier arbeiten», regt er sich auf. «Wenn ich sie richtig verstanden habe, ist eine Frau dort unten», sagt Vincentini. «Schon wieder so'n Scheiß. Das hat noch gefehlt. Die sollen verschwinden, sag ihnen das, ich kann keinen Ärger mit der Polizei gebrauchen, die legt mir die Baustelle lahm.» «Du hast doch nicht etwa wieder Illegale eingestellt?», fragt Vincentini. «Das geht dich nichts an. Die Polen sollen abhauen, jetzt sofort.» «Aber da unten steht, soweit ich verstehe, nur eine verwirrte alte Dame.»

Seeboden

Sophia stand im übel riechenden Schlick des abgelassenen Stausees, hatte ein rubinrotes chinesisches Seidenkleid, mit einem Stehkragen und kleinen gestickten goldenen Drachen an, in ihrem Haar steckte eine rote Rose.
Die Wimperntusche, die sie am Abend zuvor so sorgfältig aufgetragen hatte, lief mit Schneewasser vermischt in
dunklen Schlieren über ihre Wangen, am Hals hinab, unter den Kragen des Kleids. Sie hörte das Brummen eines
Motors, sah über sich die blinkenden Positionslichter
eines Sportflugzeugs, das gerade eine Schleife über dem
See zu drehen schien. Kurz darauf verschwanden die Lichter des Flugzeugs hinter dem Höhenrücken. Sie hatte das
Gefühl, auf einem fremden Planeten zu stehen, ohne zu
wissen, wie sie dorthin gekommen war. Am Hals und an
den Beinen hatte sie blutende Kratzer vom Gestrüpp,
durch das sie geirrt war, aber Sophia spürte sie nicht. Auf
dem der Landstraße gegenüberliegenden Ufer des Sees
verlief die Bahnlinie, die nach der Vergrößerung direkt
am Ufer entlangführen würde. In der Nähe befand sich
das Ausflugsrestaurant mit Blick auf den See, das ebenfalls verschwinden würde. Früher hatte sie dort oft auf
der Terrasse gesessen und die Arbeiten ihrer Schüler korrigiert; frühmorgens, noch vor dem Unterricht, war sie
vom Strand unterhalb des Restaurants zum anderen Ufer
und wieder zurück geschwommen, dann ist sie zur Schule
gefahren. Und hier am See hatte sie sich heimlich mit Darius getroffen. Das Flugzeug kam wieder zurück, es schien,
als würde es immer größere Kreise am Himmel ziehen.

Ihr Haar war klatschnass, ebenso ihr Kleid. Die viel zu kleinen Schnabelschuhe steckten im Matsch fest. Sie hatte diese Schuhe immer nur Eugen zuliebe angezogen, war unsicher hinter ihm hergetrippelt. Wenn er vorausgegangen war, hatte sie den Eindruck gehabt, er wolle ihr eigentlich weglaufen; und so war es dann auch gekommen, er hatte sie wieder einmal alleingelassen. In den Pfützen schwammen Karpfen, deren Rückenflossen aus dem seichten Wasser ragten. Auf den Zweigen der Uferbäume warteten Kormorane und Reiher auf das Morgengrauen. Sophia begann allmählich zu begreifen, dass sie allein war und Eugen nur in ihrer Einbildung existierte. Sie blieb stehen, weil sie befürchtete, in einen dieser tiefen Tümpel zu treten und darin zu versinken. Sie fuhr sich mit den schlammverschmierten Handflächen über das Gesicht; sie fror kein bisschen, obwohl ihr eigentlich kalt hätte sein müssen. Das Flugzeug überflog erneut den Stausee. Es dämmerte. Sie verharrte noch immer an derselben Stelle, bis zu den Knöcheln eingesunken im Matsch. Die Kormorane kreisten inzwischen über dem See. Sophia kam sich vor wie eine Vogelscheuche, dazu berufen, die Fische noch eine Weile zu beschützen, bevor die Vögel sie fraßen. Über die durch den Uferwald führende Höhenstraße bewegten sich Autos in Richtung Schnellstraße, die an den Dörfern vorbei direkt in die Stadt führte; Scheinwerfer strichen durch das nasse Geäst der Schwarzerlen am Ufer. Ein Holzsteg ragte in den Schlamm, die Boote waren ans Ufer gezogen. Auf der beleuchteten Deichkrone stand ein Kran, an dessen Haken eine Tischkreissäge hing. Arbeiter liefen geschäftig über die Staumauer. Einer kletterte ins Führerhaus des Krans, schwenkte den Ausleger über die Staumauer und ließ die Kreissäge hinab. Andere kletterten die Leiter hinunter zum Vorstau. In ihren dicken Wollpullovern, gelben Regenjacken und hohen Stiefeln glichen sie bedrohlichen Riesen, die auf Sophia zuwateten. Einer von ihnen bückte sich im Gehen nach einem Stock und spießte einen Fisch auf. Er trug das zappelnde Tier noch eine Weile, bis er es mitsamt dem Stock wegschleuderte. Sophia hörte sie sprechen, konnte sie aber nicht verstehen. Sie rührte sich nicht, war wie gelähmt. Männer standen um sie herum, sie hörte polnische Wörter. Einer zog seine Jacke aus; als er sie um ihre Schulter legen wollte, begann Sophia zu schreien. Plötzlich war ihr furchtbar kalt, sie zitterte. Der Mann hatte sich so erschrocken, dass ihm die Jacke in den Matsch fiel. Er hob sie auf, nahm sein Handy aus einer der Taschen und telefonierte.

Die Grauköpfe trudeln nacheinander ein. Sie werfen einen Blick in die Zeitungen, schlürfen ihren Kaffee und unterhalten sich über den Stausee, über die Dinge am Grund, die nun endlich zum Vorschein gekommen sind, über Sophia, die verwirrt in ihrem chinesischen Seidenkleid mitten im Stausee gestanden hat, über ihren Mercedes, den sie an jenem Morgen auf dem Parkplatz gesehen haben. Ausgerechnet an diesem Tag sind die Alten nicht wie sonst in aller Frühe am Stausee gewesen, sondern erst später losgefahren. Sie ärgern sich, dieses Schauspiel versäumt zu haben. Vielleicht beißen sie sich deshalb heute Morgen am Thema Sophia fest, reden über Eugen, über sein Verschwinden in China. Schließlich kommt die Sprache doch wieder auf das, was im See bisher aufgetaucht ist:

zwei verschiedene Turnschuhe,
mehrere Badeschlappen,
ein Rollstuhl,
zwei rostige Hollandräder,
ein Rennrad,
fünf Angelruten,
eine Angeltasche aus brüchigem Zwirn,
Schwimmer und Schnüre,
ein Gerät zum Köderbinden,
ein Fahrtenmesser,
verklebte zerfledderte Fliegenköder,
neongelbe Schwimmflossen,

ein Seitengewehr und ein Tornister aus dem Ersten
    Weltkrieg,
zwei alte Röhrenfernseher und drei Transistor-Koffer-
    radios,
neunundvierzig Bierflaschen,
ein Kasten mit Einmachgläsern,
der Steg einer Violine, an dem noch Saiten hingen,
Teile eines zersägten Jagdgewehrs,
Lünebachs Sprengbunker,
ein alter Zahnarztstuhl mit Teleskop,
ein Kasten mit aufgeweichtem Zettelbrei,
Teile einer Monstranz,
zwei alte Grubenlampen,
eine rostige Tabaksdose,
das Geschirr eines Grubenpferds,
ein lebensgroßer Reichsadler von einer Standarte,
ein Volksempfänger,
eine chinesische Schatulle mit aufgeweichten Briefen
    und Fotografien,
eine Singer-Nähmaschine,
eine Aussteuertruhe mit einem Hochzeitskleid,
    Schuhen und zerbrochenem Porzellan,
eine Spitzentischdecke,
eine Holzkaffeemühle,
ein eingeschweißtes Paket Laminat,
ein Treppengeländer,
fünf Stahlhelme,
Gasmaskenbehälter voller Schlamm,
eine zugenagelte Kiste mit Reichs- und Wehrmachts-
    flagge,

Uniformen,

Parteibücher,

verschiedene Orden,

eine Führerbüste aus Bronze,

ein aufgesprengter Tresor,

ein Klappspaten,

rostige Konservendosen,

ein Sextant und Kompass,

Reste eines alten Klepper-Faltboots,

ein zerbrochener Mast,

fünf Autofelgen,

eine Autositzbank,

ein Spirituskocher,

drei Bienenkästen,

ein Bilderrahmen,

ein Hundeskelett mit Fell in einem Plastikeimer,

Computerschrott,

eine Rolle Dachpappe,

eine Lederhandtasche mit Bürste,

Spiegel,

ein Portemonnaie und Lippenstift,

ein zerfetztes Gummiboot,

zusammengeknotete Wanderschuhe,

eine schlammige Pelzjacke,

ein zugebundener Kartoffelsack mit einem Wurf
    Kätzchen,

ein Emaillekochtopf,

ein aufgeklapptes Handy,

ein Renault-Dachgepäckträger,

eine Zinkgießkanne,

eine Harpune,
ein Bollerwagen ohne Deichsel,
ein Heizungsgerippe,
eine Kiste voller rostiger Nägel,
    Schrauben und Unterlagscheiben,
ein voll bestückter Werkzeugkoffer,
zwei Betonblumenkästen,
eine Ladung alter Ziegelsteine,
eine Nachtspeicherheizung,
ein Zimmerspringbrunnen
und eine Armprothese.

Von Lünebach, Hillarius und Ruth Plission gibt es nach wie vor keine Spur. Die Alten fragen sich, was der Schlamm wohl noch alles aus ihrer Jugend geschluckt habe und was nach wie vor in den tiefen Gumpen verborgen sei, die vielleicht niemals völlig austrocknen würden und die möglicherweise mit den Stollen der Bergwerke verbunden wären. Sie vervollständigen gerade ihre Listen der Gegenstände und betrachten aufmerksam die dazugehörigen Fotos auf ihren Handys; sie liegen wie Puzzleteile auf dem Tisch nebeneinander.

An jenem Tag, an dem Sophia das Flugzeug über dem Stausee wahrgenommen hatte, beobachteten es später auch die Grauköpfe. Sie hatten vom Küchenfenster oder vom Garten aus gesehen, wie es über die Dächer von Zingsheim und Sötenich geflogen war und mehrere Kreise über dem Urftland gezogen hatte, schließlich verschwunden war, um bald darauf wieder aufzutauchen. Das Flugzeug von Hillarius war eine kleine Cessna 150 D, Baujahr 1964, die er seit Jahren auf der Binz stehen hatte. Einige Tage zuvor war Hillarius noch in der Cafeteria gewesen, hatte unrasiert in einem verknitterten Anzug am Tisch neben dem Geschirrschrank gesessen, auf sein Smartphone gestarrt, mit sich selbst geredet und mehrmals versucht, seine Frau anzurufen, die aber nicht ans Telefon gegangen ist. Wie ein Häufchen Elend war er in seiner Ecke gehockt, war dann über den Parkplatz zu Evros gegangen, hatte dort den Nachmittag an der Theke verbracht, Bier und Wodka getrunken und zum letzten Mal Zehners Geschichten gehört ... *Unn schaukelt su beij denne Sandsteinfelse vorbei, hockt ove op der Bank, lött ömmezoh sun kleen Steen övert Wasser sause, löss die Jeräusche, datt Ruusche, wie Buchstaabe, verzällt unn verzällt unn bubbelt unn bubbelt ... Watt der alles verzallt hätt? Vum Meer unn dä Ozeane, Möllsteen unn Mahlsteen, die anenanderrieve, schliefe unn kühme wie datt Stöhne von zwei, die sich jäern hann für Loss ... Unn hätte widderverzallt, zuckend erzählt, vom Fluss sich eropp verzallt böss huh en die Sandsteenfelse över dem Dahl, wo Darius seng Grotte war, wo er sich ömme versteiche unn verkroche hätt ...* Irgendwann in den Abendstunden war Hillarius von seinem Hocker gerutscht, zum Ausgang gewankt und hinter dem Vorhang verschwunden. Sein Flugzeug war am Morgen über Kall gesichtet worden, über Roggendorf, Strempt und Sötenich, Kurs nehmend in Richtung Stausee. Am Vormittag hatte die Cessna immer noch über dem Urftland gekreist, hatte auf einer bewaldeten Anhöhe Bäume gestreift, dabei ein Stück Tragfläche verloren und war schließlich über einer Wiese abgestürzt. Polizeihundertschaften und Feuerwehrleute hatten daraufhin weite Bereiche im Umkreis der Absturzstelle abgesucht. Der Pilot wurde nicht gefunden, obwohl das Bergschadensgebiet eine ganze Woche lang durchkämmt worden war.

Altenheim

Während Sophia im Krankenhaus lag, dachte sie oft daran, wie sie im Stausee gestanden hatte, erinnerte sich an die bedrohliche Dunkelheit, an das kreisende Flugzeug, an unverständliche Wörter und an zwei Männer, die wie aus dem Nichts im Nebel aufgetaucht waren. Neben Albert erschien Vincentini schmächtig. Er trug Stiefel, eine Latzhose, eine dicke Jacke über dem Rollkragenpullover und natürlich seine Lederkappe. Ihm gelang es, sie zu beruhigen, er legte ihr seine Jacke über die Schultern. Albert nahm sie vorsichtig auf seine Arme, stapfte mit ihr durch den See und brachte sie zur Dammkrone. Dort wartete Caspary neben seinem Porsche. Sie musste wirres Zeug geredet haben, schämte und ärgerte sich, dass ausgerechnet er sie so erlebt hatte. Ihr Seidenkleid war durchnässt, verdreckt und klebte auf der Haut, sodass sich ihre zierliche Figur deutlich abzeichnete. Sie zitterte am ganzen Leib, klapperte mit den Zähnen und fühlte sich vollkommen ausgeliefert. Caspary mimte seiner ehemaligen Lehrerin gegenüber den bemühten und hilfsbereiten Schüler, sagte, er habe vergeblich versucht, Raimund zu erreichen, ihm jedoch eine Nachricht auf der Mailbox hinterlassen; seine Arbeiter würden sie ins Krankenhaus fahren. Sophia hatte das nicht gewollt, war aber zu schwach gewesen, um Einwände zu erheben. Albert hatte sie immer noch in seinen Armen, trug sie wie ein Gabelstapler zur Pritsche und setzte sie dort vorsichtig auf den Beifahrersitz. Der Motor sprang nicht an, stotterte, Vincentini fluchte. Albert lehnte mit einer Schläfe am Fenster, summte vor sich hin und malte mit der Fingerkuppe Kringel auf die beschlagene Seitenscheibe. Schließlich lief der Motor. Sophia schluchzte, redete Vincentini mit seinem Vornamen Arthur an, was sie noch nie getan hatte. «Nicht, dass Sie 'ne Lungenentzündung kriegen», sagte der. Sie hatten sie in eine dicke Decke gewickelt, die nach Imprägnierfarbe, Holzspänen und nassem Hund roch. Die Heizung war hochgedreht und blies die sich langsam erwärmende Luft ins Fahrerhaus; das Schnarren des Ventilators und die aufgewirbelten Gerüche brachten sie vollends durcheinander.

Caspary stand bei den polnischen Arbeitern, gestikulierte und wies sie an, den zusammengeknäulten Stoffhaufen, die leeren Plastikeimer und das Paddel auf die Pritsche zu werfen. Er schrie ihnen zu, sie sollten das Zeug zur Mülldeponie bringen, danach verschwand er in seinem Bürocontainer. Sie fuhren den Hang hinunter; Vincentini zog an seiner Zigarre und blies den Rauch aus; es kam ihm gar nicht in den Sinn, dass der Qualm jemanden stören könnte. Aber für Sophia war es in Ordnung, es beruhigte sie eher, gab ihr ein Gefühl von Geborgenheit. Allmählich wurde ihr wärmer.

Ihr Mercedes stand auf dem Parkplatz am Seeufer. Ein Auto kam ihnen entgegen, an Bord einige der Grauköpfe. Sie fuhren noch langsamer als sonst und reckten die Hälse, wahrscheinlich fragten sie sich, was Sophias Auto dort zu suchen habe und ob sie nicht besser anhalten sollten. ‹Bald werden alle wissen, dass ich verrückt bin; Mimie wird spätestens morgen anrufen und Einzelheiten erfahren wollen›, dachte sie. Vincentini ließ den Motor laufen, ging zum Mercedes, sah nach, ob der Zündschlüssel steckte. Sie konnte sich nicht daran erinnern, das Auto selbst gelenkt zu haben. Eugen war immer gefahren; er hatte sie auch gebeten, für den Restaurantbesuch am See das rote Kleid und die engen Schuhe anzuziehen, hatte geschworen, sie nie mehr zu verlassen. Sie erinnerte sich genau, erwartungsvoll neben ihm gesessen zu haben, als er den Wagen am Seeufer anhielt. Dann war sie plötzlich allein gewesen. Vincentini rüttelte an den verschlossenen Autotüren, wischte über die Windschutzscheibe und blickte ins Wageninnere, dann kam er zurück und rieb sich über der Lüftung seine Hände warm. «Keine Schlüssel, die hat sie bestimmt im Stausee verloren», stellte er fest. «Es gibt bestimmt noch einen zweiten. Ich hol den Wagen morgen ab, jetzt müssen wir erst mal ins Krankenhaus.»

Bei den Untersuchungen entdeckten die Ärzte ein Aneurysma in Sophias Kopf, das als Ursache für ihre Verwirrung diagnostiziert wurde. Eine Operation, zumal in ihrem Alter, war zu gefährlich; sie hätte ihre Sehfähigkeit verlieren können. Raimund erfuhr nichts von der Diagnose, wie sie auch niemandem erzählte, dass sie geglaubt hatte, an jenem Abend mit Eugen zusammen gewesen zu sein.

Seit sie Medikamente nahm, dachte sie nicht mehr so oft an ihn, konzentrierte sich wieder auf ihre Bücher, ihre Arbeit an den Briefen und versuchte weiterhin, Nina etwas beizubringen.

Nach Sophias Krankenhausaufenthalt kam Raimund häufiger vorbei, meist in seiner Mittagspause. Doch er blieb nur kurz, weil jedes Mal irgendeine wichtige geschäftliche Besprechung wartete. Heute fiel ihr auf, dass er außer Puste gewesen war, nachdem er die Treppen erklommen hatte. Über seinem Hosenbund war ein Hemdknopf aufgesprungen; mit Ende dreißig wurde er schon kahl, wirkte nervös und tupfte mit einem Taschentuch Schweiß von seiner Stirn. Sie wusste nicht, was mit seiner Lebensgefährtin war, ob er noch mit ihr zusammenlebte. Er redete wie immer nur vom Stausee, von Kreditgebern und Schwierigkeiten mit dem Gemeinderat. «Ich dachte, mittlerweile läuft alles gut», warf Sophia ein. Jeden Tag stand etwas über den Staudamm in der Zeitung. Fast alle schienen nun begeistert zu sein. In den Leserbriefen äußerten laut Raimund nur ein paar verrückte Umweltschützer noch Bedenken. Sophia hielt nach wie vor nichts von dem Projekt ihres Sohnes. Während sie in der Küche Tee zubereitete, hatte Raimund sich in einen Bambussessel gesetzt und blickte ins Tal hinunter. «Weißt du, dass dies alles bald ganz anders aussehen wird? Du wirst von hier aus die Ausläufer des Stausees und einen kleinen Hafen mit Segelbooten sehen können», rief er ihr zu. «Der Stausee und die Ferienhäuser werden Kall grundlegend verändern, Touristen werden kommen und die Gegend beleben, Geschäfte werden eröffnen, man wird wieder wie früher über die Bahnhofstraße zum Stiftsberg flanieren, im Pavillon Kaffee trinken und übers Urfttal blicken.» Caspary und ihr Sohn hatten begonnen, alle lukrativen Immobilien in der Umgebung aufzukaufen, hatten kürzlich von der Gemeinde das alte Schwimmbad, die Liegewiesen und den Pavillon erworben; wo früher das Kino stand, sollte jetzt eine Hochgarage gebaut werden. Sie rechneten mit einem Anstieg der Wohnungspreise, sobald der Stausee vergrößert und der Ferienpark fertig wäre. «Sie werden dir bestimmt ein Denkmal setzen», bemerkte Sophia. Raimund hatte ein Buch über die Kulturgeschichte Chinas in der Hand und blätterte in dem Kapitel über die großen Philosophen Laozi und Konfuzius. Auf dem Tischchen vor ihm lagen Sophias Notizen zum *Daodejing* und Ninas Schulhefte, auf die er verächtlich blickte. Als seine Mutter mit dem Teeservice den Wintergarten betrat, legte er das Buch zurück auf den Tisch und bemerkte zum wiederholten Mal, sie könne unmöglich weiter allein in dem großen Haus leben. «Irgendwann fällst du die Treppe runter und brichst dir was», sagte er und setzte eine besorgte Miene auf. «Es gibt schöne Seniorenstifte; wir haben genügend Geld, um das zu bezahlen.» Offensichtlich hatte er sich schon nach einer Unterbringung für sie erkundigt. ‹Er meint wahrscheinlich, mein Geld gehöre schon ihm›, dachte Sophia. «Ich bin nicht allein», erwiderte sie, «Vincentini wohnt doch hier.» «Der ist die meiste Zeit unterwegs und hängt jeden Abend, wie man hört, bei Evros rum, bevor er betrunken nach Hause kommt. Irgendwann schläft er noch mit seiner Zigarre im Bett ein und fackelt mir das Haus ab. Du solltest ihm besser kündigen.» «Wenn das Haus mit mir abbrennt, kannst du ja noch meine Lebensversicherung kassieren.» «Lass dir das mit dem Seniorenheim noch mal durch den Kopf gehen, Mutter», sagte Raimund beschwichtigend.

‹Wäre ich erst in einem Altenheim›, dachte Sophia, ‹würde Raimund mein Vormund werden wollen und bestimmen, was mit meinem Geld geschieht.› Wenig später ärgerte sie sich, dass sie ihrem eigenen Sohn so sehr misstraute.

Im Frühsommer 2007 hörte Nina, während sie ihre Zeitungen austrug, wie die ersten Uferschwalben in der Morgendämmerung von ihrer langen Reise aus Afrika zurückkehrten. Sie kamen später als sonst. Es waren zunächst nur wenige, deren Stimmen sich anhörten, als würden feuchte Fingerkuppen langsam über die Ränder dünnwandiger Glaspokale kreisen und dabei schneller und schneller werden. Doch bald schon war der helle Tag erfüllt von sirrendem Schreien.

Als Nina am Abend mit Paul telefonierte, erzählte sie ihm von der Ankunft der Vögel. Sie sprachen seit einigen Wochen häufig miteinander; er redete noch langsam und stotternd, was von dem letzten schweren Eingriff herrührte. Paul sagte, er müsse vieles neu erlernen. Er verhielt sich ihr gegenüber nicht mehr so ablehnend und freute sich über ihre Anrufe. Da die Ärzte ihm geraten hatten, nicht lange zu telefonieren, wechselten sie nur wenige Worte miteinander.

In der Zeitung war wieder ein Artikel über Sophias Sohn und Caspary erschienen. Sie wurden auf einer ganzen Seite ausführlich porträtiert, zwei bedeutende Söhne des Orts, die ihre ganze Kraft einsetzten, um den wirtschaftlichen Niedergang des Urftlandes aufzuhalten. Als Nina Sophia die Zeitung brachte, legte sie diese achtlos beiseite; sie war die ewigen Staudammgeschichten leid, schnürte ihren Seidenkimono fester und fragte Nina, ob sie einen Tee mit ihr trinken wolle. Aber Nina musste sich beeilen, sie war spät dran. Manche Kunden warteten nur darauf, dass sie ihre Zeitung unpünktlich auslieferte, um sich beschweren zu können. Nina versprach, so bald wie möglich wiederzukommen.

Die Grauköpfe sind in der Zwischenzeit auf der Beerdigung von Dr. Hillarius gewesen. Man hat ihn in den Ästen
einer Baumkrone im Bergschadensgebiet in der Nähe des
Krähenlochs gefunden. Sie haben Blumen ins offene Grab
geworfen, sich bekreuzigt, seiner Frau und den Kindern
kondoliert. Auf dem Beerdigungskaffee bei Evros wurde
bekannt, dass Hillarius wegen des Staudamm-Projekts
nicht nur sein ganzes Vermögen verloren, sondern sich
außerdem noch durch mehrere Kleinkredite total ver-
schuldet hatte.

In ihren schwarzen Anzügen sitzen sie um die Mittagszeit wieder an ihren Stammplätzen, sind höchst erleichtert,
dass man seit einigen Wochen zügig am Stausee arbeitet,
und sind sich sicher, dass sie nicht das gleiche finanzielle
Fiasko wie Hillarius erleben müssen.

Die Alten beklagen sich über die Hitze der letzten Wochen; einer öffnet den obersten Hemdknopf und verzieht
den Mund, ein anderer wischt sich mit dem Taschentuch
über die Stirn. Es riecht nach Waffeln, Schweiß und Brötchen, nach Asphalt, Gewürzen und dem saftigen Geruch
des sich ankündigenden Sommerregens. Einige der Alten
sind am Morgen am Stausee gewesen, haben den Fortgang der Arbeiten beobachtet. Sie haben in der Zwischenzeit fast alle ihr Land am Stausee an Caspary verkauft und
rechnen damit, dass auch der Wert ihrer Häuser durch
den zu erwartenden Boom des Tourismus steigen wird.
Von der Staumauer haben sie auf den getrockneten rissigen Schlamm geschaut, haben unter den vielen Arbeitern

auch Vincentini und Albert entdeckt, die hinter der provisorischen Staumauer beschäftigt gewesen und dann zu einer der mit Wasser gefüllten Gumpen gegangen sind, die niemals auszutrocknen schienen. Jetzt stellen sie Vermutungen darüber an, was noch in den Gumpen verborgen sein könnte. Die Gruppe ist etwas ausgedünnt. Einer von ihnen raucht auf der Terrasse an einem der Stehtische, einer hat einen Arzttermin, ein weiterer ist zu der Beerdigung eines Cousins in Königswinter gefahren; immer häufiger müssen sie zu Begräbnissen eines Verwandten oder eines alten Freundes. Sie fragen sich, wer wohl der Erste sein wird, der gehen muss. Einer steht schwerfällig auf und hinkt zur Toilette.

Pünktlich um fünfzehn Uhr zehn fährt ein Zug von Köln in den Bahnhof ein, ein moderner, klimatisierter Zug, bei dem sich die Türen automatisch öffnen und der erst seit Kurzem auf der Strecke eingesetzt wird.

Die Nachmittagssonne scheint auf die Sandsteinfelsen hinterm Bahndamm. Zwischen den stillgelegten Gleisen blüht Sommerflieder. Schwalben zirkeln in der Luft; den ganzen Tag bis in die Dämmerung hinein fangen sie Insekten für ihre Brut, die in den Höhlen im Sandstein ungeduldig wartet. Über den Parkplatz laufen Kunden in den Markt. Leute steigen aus dem Zug und gehen über den Bahnsteig an der zugemauerten Unterführung vorbei, die früher einmal unter den stillgelegten Gleisen einer Nebenstrecke hindurch direkt in die große Bahnhofshalle geführt hat. Über dem Parkplatz schweben süß duftende weiche Wölkchen von Pappelwolle, die auf den Autos liegen bleiben wie Schnee. Der Marktleiter sitzt an seinem

Terrassentisch; sein Kalender und das Handy liegen vor ihm, er macht sich Notizen.

Eine junge Frau holt ihr Smartphone aus der Tasche und zeigt einer Freundin stolz Fotos von ihren Kindern und ihrem Mann. Ein Vertreter steigt aus seinem Auto und läuft mit dem Handy am Ohr an der Terrasse vorbei.

Der Zug fährt weiter Richtung Trier.

Im wolkenlos blauen Himmel zerfasern Kondensstreifen und lösen sich auf. Über den Parkplatz geht eine alte Frau, behangen mit billigem Schmuck; sie trägt ein Sommerkleid, das um ihren dürren, gebeugten Körper weht. Ein Mädchen, barfuß und mit einem silbernen Kettchen an den Fesseln, rennt zum Markt. Ein Mann, den Autoschlüssel in der Hand, schreitet, als hätte er einen Stock im Rücken, eine Frau mit streichholzkurzen Haaren und großen Ohrringen betritt das Café; als sie sitzt, verschwinden ihre auf dem Tisch liegenden Hände plötzlich in einem Kegel aus Sonnenlicht.

Draußen sehen die Alten Vincentini mit seiner überladenen Pritsche auf den Parkplatz fahren, rätseln, was sich auf ihr befinde. Seit der Trockenlegung des Stausees transportiert er Gerümpel zur Müllkippe. Immer, wenn der kleine Transporter vor dem Supermarkt parkt, schleicht eine Abordnung der Grauköpfe erwartungsvoll um den Wagen herum und inspiziert, was auf der Ladefläche liegt, in der Hoffnung, mit den aufgetauchten Dingen alte Rätsel lösen und doch noch eine Spur von Lünebach entdecken zu können.

Der Blumenladen schließt heute früher; um diese Zeit

kauft hier kaum jemand mehr welche, und der Händler muss am nächsten Morgen um drei Uhr früh im Kölner Großmarkt sein.

An einem Tisch sitzt ein Mann mit grau melierten Haaren in einem beigefarbenen Leinenanzug und löst ein Kreuzworträtsel in einer Illustrierten. Er ist der jüngere Bruder eines der Grauköpfe und kommt nur hierher, wenn er ganz sicher ist, seinen Bruder nicht anzutreffen. Er hat einen Kakao vor sich, nimmt einen Schluck, sieht sich um und leckt sich über den dünnen, gepflegten Schnauzbart, an dem einige Tröpfchen hängen geblieben sind.

Eine Frau hat sich an einen Tisch in der Ecke gesetzt, ihr ist während des Einkaufs plötzlich schwindlig geworden; sie schließt ihre Augen, ihre Lippen zittern. Sie lächelt und sucht ihre Haarspitzen nach Spliss ab. Draußen ist es nun dunkel, die Scheinwerfer der vorbeifahrenden Autos leuchten in die großen Fenster.

Jadearmreif

Im Juli 2007 war Paul nach über sechs Monaten Kranken-
haus- und Reha-Aufenthalt zurückgekommen; die Verlet-
zungen an seinem Bein waren inzwischen vollständig ver-
heilt. Er konnte wieder laufen, auch wenn er das linke
Bein noch etwas nachzog. Nina hatte am Bahnhof im Regen auf ihn gewartet. Nachdem sie sich begrüßt hatten,
lud sie seinen schweren Koffer auf ihren Bollerwagen. Gemeinsam eilten sie durch den strömenden Regen zu Pauls
kleiner Wohnung im Pflegeheim. Dort angekommen, öffnete Nina das Fenster. Nach draußen blickend, trocknete
sie sich mit einem Handtuch ihre Haare. Auf dem Aschenplatz trainierte eine Jugendmannschaft. Paul suchte im
Koffer nach den Jadearmreifen, die er für Nina gekauft
hatte. Als er sie gefunden hatte, streifte er sie ihr über das
Handgelenk. Sie passten genau. Nina umarmte ihn so un-
gestüm, dass er fast das Gleichgewicht verloren hätte. Sie
sahen sich in die Augen, berührten sich vorsichtig. Nina
öffnete die Knöpfe ihrer Bluse, Paul küsste die Stelle, an
der das Schlüsselbein in den Hals mündet. Auf dem
Aschenplatz bildeten sich riesige Pfützen, und die Trikots
hingen nass an den Spielern, die vom Trainer über den
Platz gehetzt wurden. Paul hatte Nina die feuchten Turnschuhe und dann die Jeans ausgezogen, schließlich zöger-
lich den Slip. Sie blickte ihn fragend an, zitterte am ganzen Körper. Er hatte eine schrundige Narbe am linken
Oberschenkel zurückbehalten, aber sie wollte mit ihm zusammen sein, all die Dinge erleben, die sie in Sophias Büchern und beim Blick in die nächtlichen Fenster entdeckt

hatte. Ihr Herz klopfte, als sie ihn mit beiden Armen an sich zog. Mit den Fingerspitzen berührte er vorsichtig ihre Wangen, umklammerte ihren Körper, als müsse er sich an ihm festhalten. Behutsam strich seine Hand über ihre Haut, glitt über ihren Bauch und folgte ihren Hüften; er schob ihre Schenkel auseinander. Draußen war es dunkel geworden, es donnerte, Blitze krachten, und der Regen klatschte auf die Straße. Die Jungen waren vor dem Gewitter in die Turnhalle der nahen Schule geflohen. Nina saß mit geradem Rücken auf ihm, beugte sich zu ihm hinunter, küsste seinen Hals, seine Brust, biss vorsichtig hinein und richtete sich wieder auf. Er hörte die Jadereifen klacken, während sie vor seinen Augen verschwamm, dann wieder deutlich zu sehen war. Sie klammerten sich aneinander und schliefen Wange an Wange ein.

Am nächsten Morgen, als Nina vom Zeitungaustragen kam, saß Paul bereits in der Cafeteria. Sie umarmten und küssten sich. Während sie frühstückten, hielten sie inne, legten ihre Hände aufeinander und riefen sich die vergangene Nacht ins Gedächtnis zurück. Die Grauköpfe, die in der Zwischenzeit eingetroffen waren, guckten verwundert.

Später nahm Vincentini Paul und Nina mit zum Stausee. Der See glich einer wüsten Landschaft. An der provisorischen Staumauer wurde mit Hochdruck gearbeitet. Paul wollte sehen, was aus den Vögeln geworden war, die früher dort genistet hatten. Außer einigen Kormoranen, die an den verbliebenen Tümpeln auf Beute lauerten, ließen sich keine Wasservögel mehr blicken. Langsam umrundeten die beiden den See. Paul war außer Atem, als sie schließlich oben auf Ninas Hügel ankamen. Sie setzten sich unter den Holunder. Er fragte, wo das Fass abgeblieben sei.

Als Nina zum letzten Mal an der Stelle gewesen war, hatte sie den Fasswagen den Berg hinuntergerollt. Sie musste dazu mehrere dicke Steine ausgraben, die die Räder des Fahrgestells, auf dem der Tank befestigt war, blockierten. Die Steine, die sich mit den Jahren in die Erde gedrückt hatten, waren bemoost und mit Gras und Holunderwurzeln verwachsen. Nina lockerte sie mit ihren Händen, hörte ein Rauschen aus dem Fass und Gregors Stimme, die aus der Ferne immer näher kam. Er beschwerte sich, dass sie so lange nicht bei ihm gewesen sei, sie solle doch zu ihm ins Fass kriechen, dann könnten sie wieder gemeinsam zu all den wunderbaren fremden Ländern segeln. Er schwärmte vom Meer, beschrieb ihr, wie es sei, im Boot zu liegen und in den blauen Himmel zu blicken. «Ich passe gar nicht mehr durch das Loch», sagte sie. «Du musst dir Mühe geben, nur Mühe geben, dann schaffst du das, Schwesterchen.» Dann war es still geworden. Gregor hatte sein Ohr innen an die Tankwand gelegt und lauschte. «Was machst du da draußen?» Ohne zu antworten, grub sie immer weiter. «Was machst du?», fragte er ungehalten. Sie rüttelte an einem Stein, den sie nach einiger Anstrengung herauslöste. Sie kroch unter dem Wagen hindurch und ließ den Stein den Abhang hinunterrollen. «Das darfst du nicht.» Er klopfte gegen die Wand. «Du darfst das nicht, du darfst das nicht», schrie er, während sie weitergrub und versuchte, den nächsten Stein herauszuhebeln. Sie hatte sich ihre Nägel abgebrochen, ihre Finger blutig gerissen und ihre Knöchel aufgeschürft. Ihr Bruder rüttelte an der Luke. «Du hast mich eingesperrt», tobte er, «du bist schuld, dass ich hier drinnen bin. Du bist an allem schuld, du ganz allein.» Ein weiterer Stein kullerte den Hang hinunter und blieb schließlich irgendwo in einer Mulde im steilen Wiesenhang liegen. Gregor erzählte ihr mit säuselnder Stimme vom Meer. Sie war erschöpft, lag unter dem Fass, hielt sich die Ohren zu und weinte. Er schimpfte mit ihr, jammerte, er müsse die Muscheln vom Boot abkratzen, niemand helfe ihm, seit Wochen treibe er im Kreis. In der Nacht würde es kalt werden, und er müsse frieren. Sie war aufgestanden und machte sich daran, die verrostete Bremsspindel zu lösen. Ihr Bruder hörte das Quietschen und ahnte, was sie vorhatte. Er heulte und versuchte, sie davon abzubringen. Der Wagen bewegte sich nicht, die Reifen waren platt und die Lager eingerostet. Nina hatte keine Kraft mehr. «Ha, ich bin dir zu schwer, du schaffst das nicht. Du schaffst das nicht, niemals schaffst du das.» Aber dann stemmte sie sich mit letzter Kraft dagegen, der Wagen bewegte sich. Gregor redete vom Meer. «Nein, du darfst das nicht tun!», brüllte er. «Was machst du mit deinem Bruder, Mörderin? Du wirst für immer allein sein.» Nina schob das Fahrgestell an den Rand des Abhangs und ließ es schließlich den Berg hinabrollen. Während es sich mehrmals überschlug, löste sich das Fass vom Gestell und sprang weiter, bis es unten am Ufer im hohen Buschwerk liegen blieb.

Nina schmiegte sich fest an Paul, schlief schließlich unter dem Holunder ein und schwamm im Traum wieder mit ihrem Boot auf dem Ozean. Irgendetwas in ihr trieb sie immer wieder dazu, diese Fahrt tatsächlich zu machen, und sie fürchtete, niemals davon loszukommen.

Als sie wach wurde, dämmerte es bereits. Die Arbeiter an der Staumauer machten jedoch noch keinen Feierabend, arbeiteten die Nächte durch und sogar an den Wochenenden. Paul sah Vincentinis Pritsche. Albert und er warfen gerade verschlammten Müll vom Staudamm auf die Ladefläche. Nina und Paul liefen zum Damm hinunter, fragten, ob sie mit nach Kall zurückfahren dürften.

Am folgenden Sonntagmorgen saß Paul in Ninas Mansardenwohnung am Küchentisch. Nina musste nicht wie sonst früh aufstehen, sondern konnte ausschlafen. Er war wach geworden, als die ersten Sonnenstrahlen durch die Ritzen der Jalousien fielen, die Landkarten, auf denen Nina die Reiseroute ihres Bruders eingezeichnet hatte, beleuchteten und die Schatten der Lamellen auf die Wand tuschten. Nina war nackt, nur ein Bein lag unter der Decke, ihr Kopf ruhte auf ihrem Arm. Er hätte sie gern mit Küssen geweckt und wieder mit ihr geschlafen. Irgendetwas hielt ihn jedoch zurück; vielleicht waren es die Schönheit ihres Anblicks und die Möglichkeit, es später zu tun, den ganzen Tag, sein ganzes Leben. Er wollte Nina auch ausschlafen lassen; bestimmt war sie von der vergangenen Nacht noch erschöpft. Auf dem Boden lagen ihre Kleider verstreut herum. Nina schlief dicht neben ihm, als wollte sie sich im Traum an ihn schmiegen; er beugte sich über sie, lauschte ihrem Atem und roch den Schlaf in ihrem Haar. Paul blieb lange still neben ihr liegen und betrachtete sie.

Er hatte sie behutsam zugedeckt, ehe er aufstand und

leise durch den schmalen Flur zur Küche ging, um das Frühstück vorzubereiten. Vom Küchenfenster aus schaute er zur Uferschwalbenkolonie in den Sandsteinfelsen. In diesem Jahr waren es so viele Brutpaare wie noch nie, mehr als damals, als Ninas Großeltern noch gelebt hatten und er hin und wieder in deren Hof gewesen war, um aus der Nähe die Schwalben an ihren Nistplätzen zu beobachten. Der alte Opel Kapitän hatte aufgebockt in der Ecke gestanden, eine Tür war abgefallen und auf dem Boden gelegen. Paul erinnerte sich, dass der Innenraum damals voller Flaschen gewesen war und Darius betrunken darin gesessen hatte, erinnerte sich an die Haken, die in den Fels geschlagen waren und an denen man zur Grotte direkt unter den Schwalbenhöhlen klettern konnte. Diese Haken existierten nicht mehr, und der Eingang zur Grotte war zum großen Teil eingestürzt; irgendetwas, so hatte es geschienen, hatte dort oben in der Morgensonne geglänzt. Als er hatte hinaufklettern wollen, hatte Nina ihn zurückgehalten, gesagt, niemand außer ihr dürfe dorthin. Er erinnerte sich noch gut an die brombeerschwarzen Lippen des Mädchens, das ihm damals völlig verrückt vorgekommen war. Mit ihren Schnäbeln und Krallen hatten die Schwalben hoch oben im Steilhang viele kleine Brutröhren gegraben, in denen sie ihre Nester mit Halmen, Haaren und Federn ausgepolstert hatten. Nach Pauls Schätzung waren es heute bis zu fünfzig Brutpaare; es herrschte an diesem Morgen ein reges An- und Abfliegen, die Luft war von schnatternden und zirpenden Rufen erfüllt, einer geschwätzigen Unterhaltung, während die Vögel zu ihren Nesteingängen flogen und sich dort am Fels festkrallten. Die kleinen braunen Uferschwalben konnten in diesem Sommer zwei Gelege großziehen. Durch ihren roten Punkt am Hals und den noch nicht ganz weißen Bauch konnte Paul die Jungvögel von den Adulten unterscheiden. Nina war in die Küche gekommen. Er bemerkte sie erst, als sie hinter ihm stand, er ihren Körper roch und sie seinen Nacken zu küssen begann.

Die Grauköpfe beobachten neugierig, wie Otti mit Lydia telefoniert. Lydia erzählt ihr von der Karibik-Kreuzfahrt, die sie mit ihrem Mann unternommen hat. Lydia fragt, ob ihre Ansichtskarten angekommen seien, und erkundigt sich nach ihrem Sohn. «Wir haben jede Woche eine Karte aus den Hafenstädten abgeschickt, auch Paul müsste welche bekommen haben. Was macht er denn?» Otti berichtet, er sei aus der Rehaklinik zurück und könne wieder gehen; er komme morgens fröhlich zu ihr, frühstücke mit dem Mädchen und sei viel gesprächiger geworden. Seine Mutter ist überglücklich und hätte ihn am liebsten gleich angerufen. «Vielleicht lässt du ihm noch ein bisschen Zeit», rät Otti ihrer Freundin. Lydia erzählt von ihrem Urlaub, schwärmt von den weißen Stränden, von Roseau auf Dominica, Fort de France, Martinique und Pointe-à-Pitre, von dem Unterhaltungsprogramm auf dem Schiff. Ganz begeistert seien sie von einem Zauberkünstler und einer jungen Geigerin gewesen, die sich auf dieser Fahrt das Geld für eine besonders teure Violine verdienen wollte und die oft mit ihnen zusammen am Tisch gesessen hätte. Während ihres Landurlaubs auf Guadeloupe hätten sie einen Wagen gemietet und seien ins Landesinnere gefahren; die letzten drei Wochen hätten sie in einem Hotel mit einem Palmenstrand direkt am Meer gewohnt. Otti erwähnt beiläufig die Arbeiten am Stausee, der jetzt trockengelegt sei und vergrößert werde. Aber Lydia interessiert das nicht. Aufgeregt erzählt sie von ihrem Hund, um den sich während ihrer Reise die Nachbarn gekümmert hätten. Seitdem sei er völlig verwöhnt, pariere nicht mehr und laufe ständig weg.

Die Alten sehen, wie Paul auf die überdachte Terrasse zugeht. Regen trommelt aufs Wellblechdach; auf dem Parkplatz breitet sich das Wasser wie langes silbernes Haar aus, und die Pfützen verwandeln sich in kleine Seen.

Paul hängt seinen Anorak über eine Stuhllehne, setzt sich und kramt in seiner Umhängetasche. Kurz darauf kommt Nina zu ihm. Autos fahren langsam durch die seichten Seen, ihre Scheinwerfer spiegeln sich in den Fensterscheiben.

Vincentini und Albert betreten in ihren nassen Klamotten das Café. «Wie weit seid ihr am Staudamm?», ruft einer der alten Männer Vincentini zu. «Das müsstet ihr doch am besten wissen, seid doch jeden Tag da und haltet Maulaffen feil», antwortet dieser. «Wenn die alle so arbeiten wie ihr, dann wird das in hundert Jahren nichts», meint einer und lacht meckernd, blickt mit zusammengekniffenen Augen Beifall heischend um sich. Kurz darauf brechen sie zur Unterführung auf, nicht ohne vorher einen Blick auf die Ladung der Pritsche zu werfen.

Hirngespinste

Im chinesischen Kalender war Mitte September 2007 die Herbsttagundnachtgleiche (秋分, Qiūfēn). Sophia wunderte sich, wie schnell das Jahr vergangen war. Überhaupt schien ihr, dass die Zeit immer schneller verfliege, je älter man wurde. Es waren die letzten milden Tage des Jahres, richtiges Ausflugswetter, aber Sophia wollte ihre traditionelle Fahrt mit Mimie durch die Eifel nicht mehr machen; dies gehörte, wie so vieles andere auch, endgültig der Vergangenheit an. Sie saß in ihrem Sessel und blickte hinunter ins Urfttal. Auch heute trug Sophia eines ihrer chinesischen Kleider, wie an dem Tag, als sie im Stausee umhergeirrt war. Sie hatte sich zwar vorgenommen, diese Sachen nicht mehr anzuziehen, doch vor ihrem Schrank stehend, vergaß Sophia ihren Vorsatz meist wieder, dachte dann nur daran, Eugen gefallen zu müssen – und das, obwohl sie doch wusste, dass er nur ein Hirngespinst war. «Vielleicht sollte ich alle Kleider in einen Sack stecken und Nina bitten, ihn zur Kleidersammlung zu bringen.» Es hatte sich in den letzten Monaten viel in Kall verändert; von ihrer Villa aus sah Sophia, dass man einige der alten Häuser am Fluss inzwischen abgerissen hatte, um ausreichend Parkplätze für Touristen zu schaffen. Wenn sie das Haus verließ und durch die Fußgängerzone spazierte, bemerkte sie, dass alte Ladenlokale renoviert wurden und man die Straßenbeleuchtung erneuerte. Vielleicht hatte das alles auch sein Gutes, aber es fiel ihr immer noch schwer, sich mit den neuen Gegebenheiten anzufreunden.

Als Mimie angerufen und gefragt hatte, wie es mit

ihrem alljährlichen Herbstausflug aussähe, antwortete Sophia, in diesem Jahr keinen Ausflug mehr machen zu wollen, weil Raimund ihr davon abgeraten hatte. Auch traue sie sich die Autofahrt nicht mehr zu, fühle sich zu alt, um noch den schweren Mercedes zu lenken. Der eigentliche Grund war jedoch, dass sie all diese Veränderungen nicht mehr sehen wollte, vor allem nicht den Stausee, der auf den Fotos in der Zeitung einer Ödnis glich. Immer seltener verließ sie das Haus und wartete stattdessen einen Großteil des Tages auf Nina, die mit ihr am Nachmittag Tee trank und erzählte, was es Neues im Ort gab. Sophia las in Ninas Schulheften, die, zusammengebunden und chronologisch geordnet, neben dem Sofa lagen. Nina interessierte sich nicht für ihre Hefte, obwohl sie jetzt alles hätte lesen können. Im Moment drehten sich ihre Gedanken nur um Paul. Nina meinte, Sophia solle die Hefte wegwerfen, sie schäme sich für diese Kritzeleien und glaube nicht, das Geschriebene jemals lesen zu wollen. Manchmal trug sie Sophias chinesische Kleider, die wie für sie genäht schienen und die auch Paul gefielen. Sie hatte Sophia letztendlich überzeugt, die schönen Kleider nicht wegzuwerfen. Nina redete ständig von ihrem Freund, schien sehr verliebt zu sein. Sophia bat sie, ihn doch einmal zum Tee mitzubringen.

Wenn Raimund seine Mutter in letzter Zeit besuchte, war er noch nervöser und fahriger als früher, kam ihr so aufgedreht vor, als nähme er Aufputschmittel. Inzwischen hatte er bei der Sparkasse gekündigt, um sich ganz dem Staudamm-Projekt widmen zu können. Dies hatte er irgendwann beiläufig erwähnt, zu einem Zeitpunkt, als

Sophia es längst von Mimie erfahren hatte. Sie verstand nicht, wieso ihr Sohn sich nicht mit dem begnügen konnte, was er hatte. Offensichtlich gab es weiterhin Probleme mit dem Staudamm. Während der letzten Monate waren die Arbeiten zeitweise immer wieder eingestellt worden; die Banken hatten Kredite gesperrt, plötzlich war dann doch wieder Geld vorhanden, und man arbeitete mit Hochdruck weiter. Auf ihre Nachfragen bekam Sophia keine befriedigenden Antworten von ihrem Sohn. Wenn sie allein war, sprach sie manchmal mit Eugen darüber, erzählte ihm, Raimund bereits einen Teil des Erbes ausgezahlt zu haben, weil er meinte, in den Stausee zu investieren, sei eine risikofreie Anlage. «Raimund wollte immer so erfolgreich sein wie du und eifert der Vorstellung nach, die er sich von dir gemacht hat», sagte sie und vertraute ihm an, ein ungutes Gefühl bei den Geschäften ihres Sohnes zu haben, sie fürchte, er verspekuliere sich. Auch von seinem Geschäftspartner sei nichts zu halten. «Der hat schon in der Schule ständig für Ärger gesorgt. Unser Sohn steigert sich da nur so rein, weil man ihn nicht zum Direktor befördert hat.» Eugen saß schweigend auf einem der Bambusstühle, hatte seine Beine elegant übereinandergeschlagen, wippte mit dem Fuß und zupfte an der Bügelfalte seiner Hose. Er dachte immer lange nach, bevor er sich äußerte, aber Sophia genügte schon sein verächtlicher Gesichtsausdruck. Sie fragte sich, ob Eugen sie jemals geliebt hatte. «Raimund hört nicht auf mich, er ist nicht so geworden, wie ich es erhofft habe, er hätte einen Vater gebraucht», sagte sie vorwurfsvoll. Eugen war aufgestanden und an die große Fensterfront getreten, wandte ihr den Rücken zu und blickte ins Tal hinunter. Während sie mit ihm redete, hatte er die Hände auf dem Rücken verschränkt und schwieg beharrlich; dann war er plötzlich verschwunden. Es war nur noch die winzige graue Gestalt eines Anglers unten am Wehr zu sehen. Das Telefon klingelte. Es war Mimie, die sich nach ihr erkundigte, fragte, ob sie mit ihr einkaufen gehe. «Ein bisschen frische Luft und andere Leute würden dir guttun. Wir könnten in ein nettes Café gehen, wie früher.» Meist schafften es die beiden jedoch nur noch in den Supermarkt.

Einer der Grauköpfe hat am Morgen seine Zahnprothese vergessen, er taucht sein Milchbrötchen in den Kaffee und schlürft genüsslich den süßen Brei. Wenn er etwas sagt, verstehen die anderen so gut wie nichts. Aber sie hören sich ohnehin nicht zu, glauben, längst zu wissen, was erzählt wird.

Als Vincentini und Albert erscheinen, um Mittag zu essen, sind die Alten wie elektrisiert. Sie spähen nach der klapprigen Pritsche, die diesmal so voll beladen ist, dass man befürchten muss, sie krache jeden Augenblick zusammen. Auf der Ladefläche liegen mit Stricken festgezurrte Eisenträger, Bauschutt und Dämmmaterialien sowie Sachen, die unter einer dicken Plastikfolie verborgen sind. Caspary hat immer irgendetwas, das im Schlamm der Gumpen auftaucht und schnell und unauffällig weggeschafft werden muss. Zwei der alten Männer streifen bereits draußen um den Wagen herum.

Evros kommt auf einen Kaffee in die Cafeteria und sitzt eine Weile mit Paul zusammen, bevor er wieder in seine Gaststätte geht.

Um die Mittagszeit beobachten sie amüsiert, wie Herr Vallentin mit einem Strauß Rosen, den er im Blumenladen gekauft hat, über den Parkplatz Isabell entgegenläuft. Schon seit geraumer Zeit verfolgen sie das sich anbahnende Verhältnis zwischen den beiden und kommentieren es spöttisch. Wortlos drückt Herr Vallentin Isabell die Blumen in die Hand. Dann wird die Aufmerksamkeit der Alten auf Sophia und Mimie gelenkt, die auf den Parkplatz gefahren sind und sich jetzt dem Supermarkt nähern.

Nach ihrem Einkauf setzen sich Sophia und Mimie an einen Tisch. Vincentini und Albert sind mit ihrem Essen bereits fertig und genehmigen sich einen Espresso. Die beiden arbeiten inzwischen auf der Baustelle des künftigen Ferienparks im Kiefernwald oberhalb des Sees. Sophia hat das drei Hektar große Waldstück von ihrem Großvater geerbt und es Raimund überschrieben, weil er sie immer wieder dazu gedrängt und von großen Renditen gesprochen hatte. «Ich hätte viel lieber Enkelkinder, aber du hast ja nicht einmal eine Frau», hatte sie Raimund bei seinem letzten Besuch vorgeworfen. Er reagierte seltsam, nahezu beleidigt. Sie bereute ihre Worte, denkt, ihren Sohn nicht wirklich zu kennen. Sie spricht mit Mimie darüber, sagt, sie mache sich Vorwürfe, etwas bei Raimunds Erziehung falsch gemacht zu haben; vielleicht hätte sie noch einmal heiraten sollen, vielleicht wäre ein Stiefvater besser gewesen als gar kein Vater. «Ich wäre froh um so einen Sohn, meine Kinder lassen sich überhaupt nicht mehr blicken», klagt Mimie. «Sie warten nur noch auf ihr Erbe.» Sophia sieht zu Vincentini und Albert hinüber. Sie erinnert sich an jenen Morgen, als man sie im See gefunden hatte, daran, wie sie in der Pritsche gesessen hatte, an den Schnee, der auf der Frontscheibe geschmolzen war, an die Flocken, die sich auf dem Glas wie durchsichtige Amöben unter einem Mikroskop bewegt hatten. Die beiden hatten sie damals zur Ambulanz gefahren und sie später mehrmals im Krankenhaus besucht, hatten ihr Blumen mitgebracht und waren rührend um sie besorgt gewesen.

Während Vincentini sich auf dem Flur nach einer Vase umgesehen hatte, hatte Albert ihr von seinem Tresor erzählt, denn sie hatte wissen wollen, was es mit dem Schlüssel auf sich habe, der um seinen Hals baumelte. Er hatte ihr von dem vielen Geld vorgeschwärmt, das in einem Tresor in Bregenz aufbewahrt werde und nur darauf warte, vom Besitzer des Schlüssels abgeholt zu werden. Allen Ernstes hatte er behauptet, das Geld vermehre sich, hatte ihr seine Befürchtung geschildert, irgendwann könne jemand anders mit seinem Schlüssel kommen, dem das Vermögen dann gehöre. Albert glaubte, was man ihm erzählte, ohne auf die Idee zu kommen, man könnte ihn belügen oder betrügen. «Ich werde wohl mit ihm zu dieser Tombola fahren müssen», hatte Vincentini später, als Albert immer noch von seinem Gewinn redete, gesagt. «Sonst hört er nie damit auf.» Er hatte an ihrem Bett gesessen, ihre Hand gehalten und sich über die Arbeit am Stausee, über die Schufterei, den Müll aus dem Schlamm zu bergen, auf die Pritsche zu laden und zu entsorgen, beklagt.

Mimie verdreht die Augen, als sie Albert und Vincentini bemerkt. Sie beugt sich zu Sophia und flüstert: «Du hast recht, der trägt tatsächlich noch immer diesen Schlüssel.» Sophia bereut, ihrer Freundin davon erzählt zu haben. «Wie kann man nur mit so einem dämlichen Kerl zusammen sein», flüstert Mimie, verzieht angewidert ihren Mund, kramt in der Handtasche nach einem Spiegel und zieht ihren Lippenstift nach. Ist Vincentini in der Nähe, benimmt sie sich wie ein verliebter Teenager. «Dieser verrückte Albert glaubt tatsächlich, mit dem Schlüssel an Geld zu kommen», spottet sie leise, während sie sich im Spiegel betrachtet und ihre Nase pudert. «Ich würde verrückt mit dem werden, so blöd ist doch selbst Vincentini nicht.» Sophia fragt sich, warum sie schon so lange mit Mimie befreundet ist und ihr zuhört, wenn sie über die Leute herzieht, im Glauben, etwas Besseres zu sein. «Die beiden sind einfach befreundet – so wie wir», entgegnet sie. Mimie sieht sie verwundert an. «So wie wir? Was ist das für ein Vergleich? Das könnte man fast als Beleidigung empfinden.» Sie nippt an ihrem Kaffee und sieht Sophia über den Rand der Tasse hinweg herausfordernd an. Als Vincentini Sophia entdeckt, hebt er galant die Kappe und zwinkert ihr zu. «So weit ist es also schon», stellt Mimie pikiert fest. «Hat der eigentlich schon mal versucht, dich mit seinem Perseus zu behandeln?», fragt sie. «Das geht dich gar nichts an», antwortet Sophia.

Das Restaurant am Seeufer ist mittlerweile abgerissen. Man hat die provisorische Staumauer endlich fertiggestellt; sie ist notwendig, um die alte Staumauer trocken zu halten und dort ungehindert arbeiten zu können. Vor zwei Tagen haben die Arbeiten zur Verstärkung und Vergrößerung der alten Mauer begonnen. Eine Delegation der Grauköpfe ist frühmorgens am See gewesen und berichtet jetzt den anderen; Handyfotos werden wieder herumgezeigt. Es sind neue Containerbüros und ein weiterer Schwenkkran hinzugekommen. Schweres Spezialgerät aus Österreich walzt die frische Asphaltdecke der zur Seeseite hin abfallenden Staumauer glatt; die Walze wird von dicken Stahlseilen gehalten. Caspary steht mit einem weißen Schutzhelm auf der Dammkrone und erteilt Anweisungen; einer der Alten hat auch das fotografiert. Sie erkundigten sich bei ihm nach dem Fortgang der Arbeiten; er gab gerne Auskunft und führte sie herum. Auf der Baustelle sind mehr als dreißig Arbeiter im Einsatz, von denen einige bei Evros logieren und abends in den Supermarkt zum Essen kommen. Lastwagen fahren über die enge Uferstraße zur Dammkrone; sie brächten, wie Caspary erläuterte, speziellen Asphalt, der besonders zäh ist und nicht von der Schräge abrutscht.

Die alten Männer sind in letzter Zeit selten vollzählig, einer ist gerade auf Kur, ein anderer liegt wegen seiner Prostata im Krankenhaus. Die Anwesenden unterhalten sich ständig über ihre großen und kleinen Beschwerden, darüber, dass sie wegen der Hüfte nicht mehr aus ihren Autos kommen, nachts vor Schmerzen kaum noch schlafen können, sich von einer Seite auf die andere wälzen, dass sie sich drei- bis viermal durch den dunklen Flur zum Klo tasten müssen. Alles habe sich verschlechtert. Sie würden vergesslicher, vertippten sich ständig auf ihrem Handy und könnten nicht mehr richtig pinkeln. Einer, der gerade vom Stausee kommt, steuert auf den Tisch unter dem Spiegel zu, stützt sich mit den Händen auf, blickt gewichtig in die Runde und verkündet, der ganze Schlamm und Dreck sei nun weggebaggert, ein polnischer Arbeiter sei von der Staumauer gestürzt. Vielstimmiges Raunen setzt ein, aufgeregtes Durcheinander. Kurz darauf verlassen die Alten das Café und steigen in ihre Autos.

Sophia war an den Briefen zum *Daodejing* gut vorange-
kommen. Wenn Nina sie besuchte, redete sie nicht mehr
von ihrem Bruder, dafür umso häufiger von Paul. Er trainierte jetzt auf dem Sportplatz und spielte ab und an mit
den Jungen Fußball. Nina saß oft auf einer Bank und sah
ihm dabei zu; morgens half er ihr, die Zeitungen auszutragen. Einmal brachte sie ihn dann tatsächlich mit zu
Sophia. Sie aßen gemeinsam zu Abend; Sophia hatte
chinesische Speisen zubereitet, beim Essen benutzten sie
aus Horn geschnitzte Stäbchen. Paul stellte sich etwas
ungeschickt an, es wurde viel gelacht. Sophia gefiel der
junge Mann sofort. Später tranken sie im Wintergarten
warmen Reiswein und kamen auf die Welt der Vögel und
deren Bedeutung für die Menschen zu sprechen. Sophia
beschrieb in ihrem zwölften Brief den Fenghuang, den
chinesischen Vogel des Glücks, einen phönixartigen großen Vogel, weiblich und männlich zugleich. Paul kannte
den Fenghuang mit seinem langen Kopf, seinen schmalen
Augen und dem spitzen, leicht gekrümmten Schnabel. Lä-
chelnd hatte er eine kleine Skizze von ihm angefertigt;
äußerlich erinnert der Vogel an einen Fasan oder Pfau,
seine symbolische Bedeutung jedoch gleicht jener des
Kranichs in unserer abendländischen Kultur. Sein langes,
irisierendes Gefieder weist die fünf heiligen Farben auf,
sein Kopf ist grün (für Güte), sein Hals weiß (für Gerech-
tigkeit), sein Rücken rot (für Anstand), seine Brust schwarz
(für Weisheit), und seine Füße sind gelb (für Treue und
Glaubwürdigkeit). Der edle Vogel bevorzugt die Äste des

Wutong-Baums und trinkt nur aus klaren Bergquellen. Der Fenghuang ist wie das chinesische Einhorn ein Symbol der Barmherzigkeit, aber im Gegensatz zum griechischen Phönix geht er nicht in Flammen auf, um sich zu erneuern. Die Art seiner Fortpflanzung ähnelt der real existierender Vögel. Im Gespräch erkannte Sophia Pauls außergewöhnliches Wissen über chinesische Philosophie, seine vielseitige Bildung, die sie überraschte, weil er noch so jung war. Auch über seine Offenheit war sie erstaunt; die schlimmen Schicksalsschläge, die er bereits hatte erleben müssen, schienen keine Spuren hinterlassen zu haben. Er erzählte von seinem Plan, Biologie zu studieren und sich mit der Sprache der Vögel zu beschäftigen. Als Paul und Nina abgeräumt und gespült hatten, gingen sie nach Hause. Sophia saß noch eine Weile vor dem großen Glasfenster und schaute ins Tal, wo der letzte Zug nach Köln fuhr und die Lichter auf dem Parkplatz des Supermarkts erloschen. Sie hörte in der Dunkelheit die Kraniche, die einen Schlafplatz suchten und bestimmt irritiert waren, weil der Stausee verschwunden war. Nur die Straßenbeleuchtung schimmerte noch auf dem Fluss. Sie blätterte in Ninas Heften, las von ihrem Bruder Gregor, wie er bäuchlings auf seinem Boot liegt, ins Wasser blickt. Sein ausgemergelter Körper ist übersät mit Eiterpusteln; er schöpft treibende Schnecken aus dem Wasser, die seine Finger purpurn färben. Er paddelt mit seinem Großvater, ihrem geliebten Darius, durch die Spiegelungen der Wolken, fischt mit der Hand Wasserläufer und schiebt sie sich in den Mund. Die Strömung treibt sein Boot im Kreis, er hört seltsame Stimmen, untermalt vom Rauschen der Brandung, erblickt einen weißen Strand, Büsche, Sträucher und Hütten. Als er aus dem Boot klettert, meint er, angekommen zu sein. Sophia fragte sich, ob Nina noch an das glaubte, was sie sich über ihn zusammenfantasiert hatte. Sie hörte, wie Vincentini schwerfällig die Treppen zur Wohnung hinaufstieg. Einen Moment spielte sie mit dem Gedanken, ihn hereinzubitten. Sie hatte das Bedürfnis, mit jemandem zu reden. ‹Eine Behandlung mit dem Perseus könnte ich jetzt gebrauchen›, dachte sie.

Es regnet seit Tagen, auf dem Parkplatz liegt nasses, glitschiges Laub. Herr Vallentin sitzt abseits an seinem Terrassentisch, die Leuchtstoffröhren unter dem Wellblechdach sind soeben flackernd angegangen. Er blickt zum Bahnsteig und wartet auf Isabell; ihm ist, als würde er nur noch auf die wenigen Momente hinleben, in denen er sie sieht. Vor zwei Tagen war er wieder im Möbelhaus, hatte sich aber nicht getraut, nach ihr zu fragen.

Die Grauköpfe hoffen unterdessen, das Wasser möge doch aus dem Industriegebiet in die Unterführung strömen; sie würden sich dann wieder am Schauspiel der versinkenden Autos ergötzen können.

Die Alten wissen, dass eine der Frauen die Tochter eines der Brüder des besten Freundes vom Sohn eines Graukopfes ist, die andere Frau ist in den Neunzigerjahren noch als kleines Mädchen mit ihren Eltern nach Kall gekommen und kurz vor dem Abitur wieder weggezogen. Die beiden Frauen sind zusammen zur Schule gegangen. Die alten Männer erinnern sich jetzt genau an die beiden, überschlagen, wie alt sie inzwischen sind, sehen die Kallerin als kleines Mädchen vor sich, pummelig und mit einem gelben Band im Haar, das Gesicht voller Sommersprossen, die alle verschwunden sind. Sie versuchen, sich an ihren Namen zu erinnern, wissen wieder, dass sie vor Kurzem erst geheiratet hat, irgendjemanden aus der weit entfernten Verwandtschaft Lünebachs. Sie trägt Jeans, eine Bluse, hat ihre Haare hochgesteckt und ihre Lippen etwas zu grell geschminkt. «Ich kann dir gar nicht sagen, wie sehr ich mich freue, dich zu sehen!», ruft sie, als sie mit zwei Tassen Kaffee zu ihrer Freundin zurück an den Tisch kommt. Sie setzt sich zu ihr, redet hastig, sieht ihre ehemalige Schulfreundin, die sich nicht einmal an ihren Namen erinnern kann, mit großen Augen bewundernd an, sagt ihr, sie sei noch schöner geworden; sie erzählt von der Schulzeit, ihren Mitschülern und gemeinsamen Erlebnissen, welche die andere völlig vergessen hat.

Vincentini und Albert kommen spät von der Arbeit am Staudamm. Otti schimpft mit ihnen, weil sie so verdreckt hereinstapfen und sie deswegen nochmals den Boden wischen muss. Albert hat Heißhunger und verschlingt zwei Portionen. Als Otti ein paar Minuten Zeit hat, bringt sie ihnen Kaffee. Vincentini scherzt mit ihr, gibt ihr, als sie sich umdreht, einen leichten Klaps auf den Hintern.

Parterre

Sophia träumte in letzter Zeit oft vom See, sah sich, wie sie als junge Frau vom Ufer ins Wasser sprang und mit langen Zügen bis zur Mitte schwamm, wie sie sich auf den Rücken drehte und mit ausgebreiteten Armen in den Himmel schaute. Sie hoffte, Darius warte auf dem Steg und werde sie in seine Arme nehmen. Ihr war nicht klar, warum sie sich damals für Eugen entschieden hatte. Vielleicht aus Unerfahrenheit; sie wusste damals zu wenig von der Liebe, die etwas sein kann, das alles andere bedeutungslos macht. Irgendwann hatte es den Anschein, als sei Darius zu einer Reise mit seinem Faltboot aufgebrochen, obwohl er weiterhin am anderen Ende des Städtchens lebte, sie sich manchmal begegneten, sich zulächelten, aber kein Wort mehr miteinander wechselten. Am Ende ihrer Träume stand sie wieder im Schlamm des Stausees, wusste nicht mehr, wo sie war. Sie fühlte sich, als stünde sie einsam auf einem fernen öden Planeten. Sie hasste Eugen, der sie dort zurückgelassen hatte, und wollte nichts mehr von ihm wissen. Sie bat ihn, ihr nicht mehr aufzulauern, warf ihm vor, sie alleingelassen und ihr Leben zerstört zu haben. Aber er kam doch immer wieder, auch noch, als sie ihm ihre Untreue gebeichtet hatte. Auch wollte sie Nina endlich von sich und Darius erzählen, hatte es aber bisher nicht fertiggebracht. Das Mädchen war im Moment so glücklich, und Sophia fürchtete, diese traurige Geschichte könne Nina erschüttern. Solange sie bei ihr war, ließ sich Eugen nicht blicken. War Sophia jedoch allein, stand er unten am Wehr; die Schnüre seiner Fliegenrute schwebten durch die Luft, in der sie irgendwann seine graue Gestalt bildeten. Obwohl er weit entfernt war, wirkte er vollkommen real; sie hatte ihn dort unten mitunter deutlicher wahrgenommen als jemals in der Wirklichkeit. Nachts wurde sie wach und glaubte, ihn in ihrer früheren Wohnung im Parterre zu hören, als würde er in seinen Sachen wühlen und etwas suchen. Später lag er neben ihr, verschränkte die Hände hinter dem Kopf und verlangte von ihr, aufzustehen, ein chinesisches Kleid anzuziehen und in die drückenden hohen Schuhe zu schlüpfen. Vielleicht hatte Raimund recht, und sie wäre in einem Altenheim besser aufgehoben; es fiel ihr immer schwerer, zwischen Realität und Traum zu unterscheiden. Einmal hatte sie nachts laut um Hilfe geschrien, als Eugen ihr hatte «beiwohnen» wollen. Vincentini hatte im Schlafanzug und mit seiner Kappe auf dem Kopf in der Tür gestanden und versucht, sie zu beruhigen. Er hatte sie ins Bett gebracht, war nach oben geeilt, hatte den Perseus geholt und sie mit dem Gerät behandelt.

Als Raimund am Nachmittag kam, unterschrieb Sophia eine weitere Bürgschaft und unterzeichnete Dokumente, ohne zu wissen, worum es eigentlich ging. Raimund beteuerte, sie könne ihm vertrauen. Als sie unterschrieben hatte, gab er ihr einen flüchtigen Kuss auf die Stirn und brach eilig zu einem wichtigen Termin auf.

Er ist mit dem Zug aus Köln gekommen, ein schlaksiger, etwa fünfzigjähriger Mann in einem Anzug, mit zurückgekämmtem Haar, sein Rucksack hängt lässig über seiner linken Schulter. Er läuft vom Bahnhof über den Parkplatz zum Supermarkt und setzt sich in die Cafeteria. Am Nebentisch reden die Grauköpfe über die Arbeiten am Stausee. Sie werfen einen kurzen Blick auf den Fremden und wissen sofort, er würde bald zu Evros gehen. Einer wechselt das Gesprächsthema und erzählt von einer wild gewordenen Viehherde, die von der Weide ausgebüxt ist; eine Kuh ist in einen anliegenden Garten gerannt, hat im Glas der Terrassentür wohl ihr Spiegelbild entdeckt und ist durch die Scheibe ins Wohnzimmer gesprungen.

Vertreter tippen Bestellungen in ihre Laptops, Reisende warten auf ihren Anschlusszug.

Als der Mann kurz darauf Evros' Gaststätte betritt, erblickt er Zehner, dem der Kopf auf die Theke gesunken ist. Der Mann setzt sich zu ihm, spendiert dem Alten einen Schnaps und lässt ihn reden … *unn seij hatt deckes, dichtes ruedes Hohr, wie Kasteie, kastanienrot, als «seij» noch «et» wohr, ejentlich noch net feminin, bloß neutrum … als Mädchen sohß et op der Trepp für de Wiertschaff, unn ich jeng öve die Strooß metten dörch ihre Schähdemm, als ich ihre Schähdemm dörchschredde hann, do hätt seij mir jet zo jeroofe …* Der Mann spürt den Alkohol, als er oben das Zimmer aufsperrt, in dem sie sich die letzten Jahre getroffen haben. Er legt den Rucksack aufs Bett, zieht seine Jacke aus und sieht vom Balkon zum Wehr, dann zum Parkplatz hinüber und hofft, sie werde doch noch kommen. Nach einiger Zeit entdeckt er am Wehr einen Graureiher, der wie erstarrt im seichten Ufer steht und auf Fische lauert. Er stellt sich vor, sie klopfe jeden Moment an die Tür, falle ihm in die Arme, küsse ihn und sage, sie habe das alles nicht so gemeint, könne ihn niemals verlassen. Sie würden miteinander schlafen, danach im Bett sitzen, Wein trinken und etwas essen, sich erzählen, was sie in den vergangenen Monaten, in denen sie sich nicht gesehen haben, erlebt haben. Er hat ihr eine Mail geschrieben, er werde trotz allem in ihrem Zimmer auf sie warten, werde da sein, auch wenn sie nicht komme. Er holt sein Taschenmesser aus dem Rucksack, öffnet den Wein, den er mitgebracht hat. Er setzt sich in den Sessel am Fenster und blickt wieder auf das Wehr hinunter; der Reiher steht immer noch an derselben Stelle. Erst als es dämmert, fliegt er auf, schwebt überm Wasser, segelt dann über das Flachdach des Supermarkts und ist verschwunden. Er steht vom Sessel auf, legt sich aufs Bett, schließt die Augen und konzentriert sich auf das Rauschen des Wassers. Als er aufwacht, ist es dunkel; es riecht nach Nebel und Schnee. Er fährt mit dem letzten Zug in die Stadt zurück.

In dem erleuchteten Supermarktcafé sitzen noch einige Gäste.

Seidenfäden

Es war im Winter 2007, zur Zeit des großen Schnees
(大雪, Dàxuě). Seit dem frühen Morgen arbeitete Sophia
wieder am *Daodejing*; gegen zehn Uhr stand sie auf und
ging in die Küche, um sich einen Tee zu machen. Schon
länger achtete sie nicht mehr auf das sorgfältige Reinigen
der Teeschalen und das langsame Übergießen der Blätter
mit heißem Wasser, die Konzentration auf die Zeremo-
nie war ihr schon zu mühsam geworden. Wenn Nina sie
besuchte, dann erledigte sie das alles; sie war wie eine
Tochter und gute Freundin. Sophia lieh ihr Bücher von
chinesischen Philosophen, darunter auch eines ihrer Lieb-
lingsbücher über die chinesische Liebeskunst. Die körperliche Vereinigung verglich der Meister aus der Tang-Zeit
mit dem knospenden Frühling, dem Abspulen von Seiden-
fäden, sich einrollenden Drachen, mit einem übers Wasser
fliegenden Entenpaar oder umherflatternden Schmetter-
lingen; er beschrieb sie als eine sich mit ihren Zweigen
bedeckende Pinie, als sprossende Bambusstöcke oder als
unbändige wilde Pferde. Sophia dachte dabei an Nina und
Paul, die seit einigen Wochen zusammen in Ninas Dachmansarde lebten und viel Zeit miteinander verbrachten.
Manchmal blieben sie den ganzen Tag in der Wohnung
und trugen in den Morgenstunden gemeinsam die Zeitungen aus. All das, was ihr nicht vergönnt gewesen war,
schienen die beiden zu genießen. Während Sophia Wasser
auf die Teeblätter goss, wurde ihr plötzlich schwindlig. Sie
setzte sich auf einen Küchenstuhl, ihre Hände zitterten,
ihr war schummrig vor Augen. Als der Schwindel nach-

ließ, ging sie, das Teeservice vorsichtig balancierend, in den Wintergarten zurück. Auf dem Tablett stand auch eine Tasse für Eugen. Als ihr das auffiel, glaubte sie, endgültig verrückt geworden zu sein. Mit Lesen versuchte Sophia, sich abzulenken, vertiefte sich in die Geschichte der chinesischen Kaiser und prägte sich die vielen Namen und Dynastien ein: *Sān Huáng Wǔ Dì*, die Zeit der drei Erhabenen, *Xia-Dynastie*, die Zeit der großen Überschwemmungen, *Shang-Dynastie*, die Zeit der ersten Schrift, *Zhànguó Shídài*, die Zeit der streitenden Reiche.

Am Abend kam Eugen wieder, obwohl sie es ihm verboten und er sich die letzten Monate daran gehalten hatte. Er war jung geblieben, und sie war mittlerweile eine alte Frau. Jetzt stand er am Fenster, wandte ihr den Rücken zu und blickte ins Tal. Trotz ihrer Bitte, sich umzudrehen, weigerte er sich, sie anzusehen. Sie erzählte, sie habe Raimund inzwischen auch den Mercedes überlassen. «Er meint, er habe ein Recht darauf, weil es dein Auto gewesen sei, so, wie er glaubt, auf alles, was uns gehört, Anspruch zu haben. Er wollte immer so sein wie du. Dabei kennt er dich gar nicht richtig.» Eugen sagte nichts, wippte auf den Zehenspitzen, die Hände hielt er auf dem Rücken verschränkt; langsam drehte er sich um und verschwand.

Ende des Jahres geraten die Arbeiten am Staudamm ins Stocken, von einem Tag auf den anderen ist niemand mehr auf der Baustelle zu sehen; das schwere Gerät ist abtransportiert, nur leere Container stehen verwaist auf der Dammkrone. Zuerst führten die Grauköpfe den Baustopp auf den einbrechenden Winter zurück, bis sich herausgestellt hat, dass wichtige am Bau beteiligte Unternehmer Konkurs angemeldet, Banken und sogar die Sparkasse ihre Kredite gesperrt haben. Caspary und Molitor sind nicht mehr zahlungsfähig, und sogar die kleinen ortsansässigen Firmen weigern sich, weiter am Staudamm zu arbeiten. Auch Evros bleibt auf einem Teil seiner Ausgaben sitzen. Am Morgen spekulieren und diskutieren die Alten aufgeregt den Ausgang des Projekts. Die meisten von ihnen haben ihre gesamten Ersparnisse investiert und mit raschem Reichtum gerechnet.

Am späten Nachmittag, als die alten Männer längst aufgebrochen sind, setzen sich Caspary und Raimund Molitor an einen Tisch. Sie sind gerade von einer Besprechung mit Investoren im Sitzungssaal der Gemeinde zurückgekommen. Molitor ist ein seltener Gast, Otti kann sich nicht erinnern, ihn überhaupt jemals hier gesehen zu haben. Er tupft sich mit einem Taschentuch den Schweiß von der Stirn und blickt sich ängstlich um. Er läuft zum Klo, um sich zu übergeben. Caspary telefoniert währenddessen aufgeregt. Die beiden sitzen sich nun gegenüber und tuscheln. Caspary versucht, Molitor zu beruhigen, man dürfe jetzt nicht den Kopf verlieren.

Nach dem Einkauf holt sie sich einen Tee und setzt sich zu ihrem Schwager. Sie schiebt ihr Haar hinter die Ohren, sodass man ihr Gesicht ganz sieht, legt den Kopf ein wenig zur Seite, hält die Teetasse mit beiden Händen und wärmt sich daran. Sie kommt auf seinen Bruder zu sprechen; sie rieche es, wenn er bei ihr gewesen sei. Ständig beklage er sich wegen Überstunden, treffe sich in Wirklichkeit aber mit seiner Geliebten. Und jetzt, wo es am Stausee keine Arbeit mehr gebe, telefoniere er stundenlang mit ihr. Seine Schwägerin, so befürchtet er, könne jeden Moment anfangen zu weinen. Sie nippt am Tee und blickt ihn fragend an. Er ist zu müde, um mit ihr darüber zu reden, die Liebe ist eine viel zu komplizierte Angelegenheit. Er sieht nach draußen, wo es immer noch schneit, und fürchtet, dass diese Nacht überhaupt keine Züge mehr nach Hause fahren werden.

An diesem Abend ist Otti etwas weniger freundlich und aufmerksam; sie ist erschöpft, ihre Beine schmerzen, und sie freut sich darauf, es sich Zuhause vor dem Fernseher gemütlich zu machen. Zuvor reinigt sie die Kaffeemaschine, steckt Backwaren in Frischhaltebeutel und fegt die Vitrine – in der Hoffnung, ihre letzten beiden Gäste würden nach Hause gehen.

Am nächsten Morgen liegt eine dicke Schneedecke auf dem Urftland. Die Grauköpfe müssen lange schaufeln, um ihre Wagen aus den Garagen fahren zu können. Sie erscheinen später als sonst und lassen sich schimpfend auf ihren Plätzen nieder. Der Parkplatz ist so voll, dass einige der Alten nur noch am äußersten Ende eine Parkbucht gefunden haben und nicht wie üblich ihre Wagen beobachten können. Die Autos, die von den Höhendörfern kommen, tragen Schneehauben, und die große Fußmatte im Eingang zum Markt schwimmt in geschmolzenem Schnee. Eine Menge Kunden besuchen den Markt, um für das Wochenende und die anstehenden Festtage einzukaufen; vor den Kassen bilden sich wie immer vor Weihnachten lange Schlangen. In der Vorhalle sind die Gewinne der jährlichen Tombola zugunsten leukämiekranker russischer Kinder aufgebaut; dieses Jahr ist die Anzahl der Preise geringer ausgefallen, weil vielen ortsansässigen Unternehmern wegen der Staudammpleite das nötige Geld fehlte.

Zehner und Evros erscheinen. Otti holt Brötchen aus dem Backofen, die noch so heiß sind, dass man sie nicht anfassen kann. Aufmunternd nicken die alten Männer Nina zu, die nicht weit von ihnen traurig am Tisch sitzt und auf Paul wartet. Sie wissen natürlich, dass der Junge heute zu seiner Mutter fahren wird. Nina hat von ihrem Weihnachtstrinkgeld einen Schal gekauft. Später beobachten sie, wie sie ihn um Pauls Hals legt, ihn umarmt und küsst. Als die beiden Hand in Hand zum Bahnhof laufen, freuen sie sich für das Mädchen.

In den darauffolgenden Tagen taut der Schnee, die frühlingshafte Wärme füllt den Stausee mit Schmelzwasser.

Die Alten vertragen die Wetterveränderungen nicht mehr, ihre Knochen und Schädel schmerzen. Sie überlegen, ob es sich lohne, zur Unterführung zu gehen, entscheiden sich nach einer kurzen Diskussion aber zu bleiben, da das Wasser sehr wahrscheinlich noch nicht hoch genug gestiegen ist, um Autos darin versinken zu sehen. Sie schweigen, suchen nach bestimmten Wörtern, die aus ihren Köpfen ganz plötzlich verschwunden sind. Schließlich kommt einer wieder auf den Stausee zu sprechen. Sie machen sich Hoffnungen, dass es vielleicht doch im Frühjahr weitergeht, wenn man einen neuen Investor findet. Auf dem Parkplatz steigen Leute aus den Autos; sie laufen durch den Regen in den Supermarkt. Eine Mutter schiebt einen voll bepackten Einkaufswagen, in dem ein Kind sitzt. Eine andere Frau wühlt in ihrer Handtasche und macht ein verzweifeltes Gesicht. Ein Student holt ein Buch aus dem Rucksack und beginnt zu lesen. Jemand steht auf und eilt zur Toilette. Um diese Zeit kommen Leute aus den umliegenden kleinen Dörfern und besuchen nach dem Einkauf das Supermarktcafé, um Bekannte aus anderen Ortschaften zu treffen.

Keiner der Grauköpfe ist an diesem Abend mehr anwesend, als Lünebachs Neffe kurz vor Ladenschluss erscheint. Er wohnt seit einigen Wochen auf dem heruntergekommenen Siedlungshof seines Onkels und ist damit beschäftigt, die Gebäude zu entrümpeln. Die Alten halten nicht viel von ihm; sie sind der Ansicht, er habe wie Lünebach nur verrückte Ideen im Kopf. Zwar habe er studiert, aber richtig gearbeitet habe er noch nie, sei sogar wegen Betrugs für einige Jahre im Gefängnis gewesen. Er kommt mit Lünebachs altem Traktor und einem Hänger voll Gerümpel, das er sorgfältig mit einer Plane zugedeckt hat. Er sitzt an einem Tisch, trinkt Tee mit Honig und liest die Zettel, die er beim Aufräumen der Scheune gefunden hat. Im Fernseher läuft ein Bericht über die Entstehung des

Universums, über Meteoriten, die durch den unendlichen Raum rasen. Aus dem Supermarkt hört man Musik und Stimmen. Als es dunkel ist, bringt er seine Fuhre, weil er kein Geld hat, zum Stausee, um sie dort kostenlos zu entsorgen.

Pfändung

Drei Tage vor Weihnachten erreichte Nina Pauls Brief, in dem er sie einlud, Silvester mit ihm auf Usedom zu feiern; sie könnten das neue Jahr am Strand begrüßen und Nina bei dieser Gelegenheit zum ersten Mal das Meer sehen. Sie war glücklich, hatte sie doch Angst gehabt, er würde sie vergessen. Aber Nina konnte nicht zu Paul fahren – jemand musste sich doch um Sophia kümmern. Sie kam nicht mehr allein zurecht, hatte niemanden außer ihr. Raimund war seit Wochen verschwunden. Es wurde gemunkelt, er habe sich mit dem Geld der Investoren abgesetzt. Mimie ließ sich schon lange nicht mehr blicken, seit diese Blamage bekannt geworden war. Wenn Sophia bei ihrer Freundin anrief, ging sie nicht ans Telefon oder ließ sich von ihrem neuen Liebhaber verleugnen. Nina war jetzt jeden Tag bei Sophia, besorgte den Haushalt und erledigte die Einkäufe. Vincentini unterstützte sie, soweit es ihm möglich war. Als der Gerichtsvollzieher Pfändungsmarken aufklebte, kam Vincentini die Treppe herunter und war darüber so erbost, dass er ihn kurzerhand hinauswarf. Sophias Pension wurde bis auf einen geringen Betrag gepfändet, sodass sie auf viele lieb gewonnene Dinge, wie ihren Tee und das asiatische Essen, verzichten musste. Die Sparkasse wollte das Haus so schnell wie möglich verkaufen; man hatte sie zu einem Gespräch in die Geschäftsstelle bestellt, auch um etwas über Raimunds Verbleib zu erfahren. Dort war sie im Büro des Direktors zusammengebrochen; Nina brachte sie mit Vincentinis Hilfe nach Hause. In der Folgezeit wollten ständig Interessenten das

Haus besichtigen. Nina schlief jetzt sogar bei Sophia. Sie saßen oft zusammen, tranken Tee, den Nina mitgebracht hatte. Sophias Hand zitterte, wenn sie ihre Tasse mit abgespreiztem kleinen Finger zum Mund führte. Sie war in den letzten Wochen noch verwirrter geworden, vergaß Ninas Namen oder verwechselte sie mit Ruth. Einmal hatte sie Nina zur Sparkasse geschickt, wo sie ihrem Sohn etwas Wichtiges ausrichten sollte. Von Eugen sprach Sophia wieder, als lebe er noch; sie erzählte von Darius, einem Kostümfest, und wie sie einst in einer Sommernacht miteinander getanzt hätten und im Stausee geschwommen seien.

Sophia stand mitunter in einem ihrer Seidenkleider in der Kälte mitten auf der Straße und wusste nicht mehr, wo sie war. Nina brachte sie dann nach Hause und versuchte, sie zu beruhigen.

Am Morgen erreichen die Züge nach Köln nicht den Bahnhof in Kall, weil auf der Strecke von Trier Bäume unter der Last des Schnees zusammengebrochen und auf die Gleise gestürzt waren. Im Supermarktcafé warten Reisende, die über Weihnachten nach Hause wollen und nicht wissen, wie sie ihre Fahrt fortsetzen sollen. Sie sitzen am Fenster und blicken auf den schneeweißen Parkplatz. Nina hat alle Zeitungen pünktlich ausgeliefert, ist danach bei Sophia gewesen und frühstückt jetzt. Die Grauköpfe unterhalten sich über die schon lange ruhenden Arbeiten am Stausee und die Bauruinen im Ferienpark, schimpfen über die Kommunalpolitiker, Caspary und Molitor. Die Gemeinde hat sich in den letzten Monaten erfolglos bemüht, einen neuen Investor zu finden. Der Staudamm muss dringend repariert werden, weil die Gefahr besteht, dass der Damm bei Hochwasser dem Druck nicht standhält. Aber selbst für dringende Reparaturarbeiten ist kein Geld mehr vorhanden; die Gemeinde, die sich mit dem Staudamm-Projekt finanziell übernommen hat, ist zahlungsunfähig, befindet sich im Haushaltssicherungskonzept und darf keine weiteren Ausgaben mehr tätigen. Sophias Sohn ist weiterhin verschwunden. Wie die alten Männer erfahren haben wollen, hat er Millionen veruntreut und auf die Seite geschafft. Einer von ihnen empört sich lauthals, Raimund Molitor führe jetzt auf den Bahamas ein schönes Leben. Schon sein Vater sei ein Halunke gewesen, die arme Sophia könne einem leidtun. Die meisten Alten haben ihr gesamtes Vermögen in dieses Projekt gesteckt und alles verloren. Sie ereifern sich immer mehr über den Staudammbau, die Gemeinde, die Banken, die ihnen zufolge doch alle unter einer Decke steckten; sie schreien durcheinander, schimpfen über Caspary, wollen ihn wegen Betrugs anzeigen. Der hat jedoch längst Konkurs angemeldet, sein Privatvermögen wie immer, wenn er pleitezugehen droht, vorsorglich seiner Frau überschrieben.

Am Nachmittag fahren wieder Züge nach Köln.

Eine junge Frau hat Schinken, ein Glas Essiggurken, Käse, Wein, Oliven, Himbeermarmelade und Brot gekauft. Sie kommt ins Café, findet einen freien Tisch, zieht ihre Jacke aus, legt die Wollmütze, an der Perlen geschmolzenen Schnees hängen, auf den Sessel neben sich, schüttelt ihr feuchtes Haar, das sich zu Löckchen gekringelt hat. Sie setzt sich umständlich mit ihrem dicken Bauch in den tiefen Sessel. Die alten Männer, die dem zukünftigen Urftländer einen Platz an ihrer imaginären Familientafel Kalls zuweisen wollen, beäugen sie und spekulieren über die Herkunft ihres Nachwuchses; sie spürt ihre Blicke im Rücken, hört sie tuscheln, während sie das ganze Glas Himbeermarmelade mit ihrem Zeigefinger auslöffelt.

Otti stapelt Kuchenteller, Tassen, Löffel und Gabeln auf den Geschirrwagen. Sie räumt ihn in der Küche ab, wischt mit einem Lappen darüber und tritt wieder hinter die Theke. Herr Vallentin ist heute nicht, wie sonst immer, an seinem Platz gewesen.

Am Abend ruft Lydia bei Otti an. Sie erzählt von ihrem Sohn, von langen Spaziergängen am Strand und davon, dass er oft von Nina rede.

Als Otti nach Ladenschluss den Supermarkt verlässt, fährt hinter ihr das Gitter am Eingang herunter. Es schneit wieder, und sie läuft direkt zu Evros hinüber, um bei ihm in der Küche auszuhelfen. Vincentini, Albert und Zehner sitzen an der Theke und knobeln. Zehner erzählt wieder vom Krieg, von den Nazis und Junkern, die in der Ordensburg kaserniert gewesen und dort zur Elite des Volkes ausgebildet worden seien. «*Joldfasane, Joldfasane, Joldfasane.*» schreit er. «*Joldfasane in ihre Paradeuniforme*»…, erzählt weiter von Strohwang, redet von der Sintflut. «*Die Brücke*», schreit er, «*die Damm hätt oss dumols jerettet, et Lövve jerett, als plötzlich Tüüwedder kohm, mött eenem Mmohl do wor möt schwerem Räje unn Wönk, Regen und Sturm, unn der janze Schnie jeschmolze ess, jeronne, fottjeloofe, jejurjelt, jeströömt.*» Er spricht von Wassermassen, denen der Damm nicht standgehalten habe. Im Dunkeln wälzten sie sich tosend heran und ließen den Stausee binnen weniger Minuten weit über die Ufer treten, drangen in Wohnungen und Ställe ein. Tiere standen bis zum Kopf im Wasser, Hühner, Kälber und Schweine ertranken; man hatte Mühe, das Vieh im Stall loszubinden, um es zu retten. Kühe schwammen aus den Ställen hinaus, wurden von Eisschollen unters Wasser gedrückt. Schuhe, Stiefel, Gerät, Vorräte, die Felle der Gerberei trieben herum, ein Kalb brachte man noch rechtzeitig auf einen Heuboden, eine alte, seit Jahren kranke Frau trieb mit ihrem Bett auf dem Fluss. Das breiige Eiswasser wälzte sich durch Straßen, spülte Misthaufen weg, stürzte Fuhrwagen um und trieb alles vor sich her. Hohe Erlen knickten am Flussufer um wie Strohhalme.

Während Zehner noch redet, geht Otti durch die Schiebetür hinter der Theke in die Küche, wo Berge von schmutzigem Geschirr auf der Anrichte auf sie warten.

Herr Vallentin ist an diesem Abend mit Isabell bei einem Weihnachtskonzert in Köln gewesen, sie haben anschließend in einem Restaurant in der Nähe des Doms gegessen und sich beeilen müssen, um den letzten Zug in die Eifel zu erreichen. Auf der Rückfahrt reden sie zum ersten Mal sehr vertraut miteinander. Isabell hält die Rose in der Hand, die er von einem Inder gekauft hat. «Das nächste Mal könnten wir tanzen gehen», schlägt Isabell vor. Er muss zugeben, nicht tanzen zu können, sagt aber, es gerne lernen zu wollen. «Wenn man mit dem Richtigen tanzt, ist es wie fliegen», meint sie und lacht schelmisch dabei, ihre Augen strahlen. Sie beugt sich nach vorn und berührt seine Hand. Sie schweigen und schauen nach draußen in die Nacht. Dichter Regen schlägt gegen die Scheiben.

Hinter dem Stiftsbergtunnel ist das Urftland in Weiß versunken. Herr Vallentin vertraut Isabell an, er sei zwar gerne in der Stadt, freue sich aber immer wieder auf zu Hause. «Vielleicht habe ich zu viel Wein getrunken», fügt er hinzu und bedauert, ihr nicht früher begegnet zu sein – nicht erst jetzt, wo sein Leben fast vorbei sei. Er ist unsicher, wie er sich verhalten sollte, wenn sie ausgestiegen sein würden, weiß nicht, ob er es wagen könne, sie zu umarmen. Sie hat ihre Pelzmütze aufgesetzt, die Haare darunter gesteckt und einen dicken Wollschal um den Hals geschlungen, sodass er nur noch ihre schönen, von einem Fettstift glänzenden Lippen und ihre Augen sieht. Sie stehen eine Weile unschlüssig auf dem Bahnsteig. Junge Leute sind aus dem Zug gesprungen, bewerfen sich mit Schneebällen, laufen schließlich um das Bahnhofsgebäude herum in Richtung Busbahnhof. Ein Bahnbediensteter hängt eine Kette vor den Gleiszugang. Der Parkplatz vor dem Supermarkt ist leer, eine unberührte Schneefläche, die Fahnen des Marktes flattern im Wind, Drahtseile schlagen klimpernd gegen die Masten. Isabell sagt, ihr sei kalt, berührt mit ihren Fingerspitzen seine Wange, sieht ihn an und legt ihre Stirn an seine Brust.

Zehner und Vincentini sitzen immer noch an der Theke, als Otti sich auf den Heimweg macht. Sie läuft zu ihrer kleinen Wohnung über dem Reisebüro, schließt schnell auf; sie zittert, hat Schüttelfrost und befürchtet, sich ausgerechnet jetzt, kurz vor den Feiertagen, erkältet zu haben. Von der Arbeit erschöpft, nimmt sie ein heißes Bad. Danach setzt sie sich, in eine Decke gewickelt und mit dicken Socken an den Füßen, in den Sessel am Fenster, von dem sie bis zu dem auf einer Anhöhe liegenden Bahnhof blicken kann. An der Bahnhofstraße brennt die Weihnachtsbeleuchtung in den Ästen der alten Kastanienbäume. Otti hofft, Vincentini käme noch vorbei, um sie zu trösten und zu wärmen. Aber in letzter Zeit haben sie sich nur noch selten getroffen. Irgendwann schläft sie im Sessel ein. Als sie wach wird, schneit es immer noch. Nina läuft die Bahnhofstraße hinunter und zieht den Schlitten hinter sich her. In ihrem langen Mantel, mit Mütze, Schal und Handschuhen stapft sie durch den Schnee zu den Haustüren und steckt Zeitungen in die Briefkästen. Bald sind ihre Spuren unter dem frisch gefallenen Schnee verschwunden.

Herr Vallentin wird an diesem Morgen vom Geräusch der Zeitungsklappe wach, hört die feuchte Zeitung auf den Flurboden fallen, hört Ninas Schritte im Schnee, als sie durch den Vorgarten zurück zu ihrem Schlitten an der Straße rennt. Im Winter nimmt sie statt des Bollerwagens einen Schlitten, den sie auf dem Stiftsberg immer an den Vorgartenzäunen anbindet, damit er nicht den Hang hinuntergleitet. Herr Vallentin hätte jauchzen und wie ein kleiner Junge auf dem Bett herumspringen können, hätte mit Kissen um sich werfen mögen, aber er will Isabell nicht wecken. Sie liegt ruhig neben ihm, ihre Lippen berühren seine Wange, er riecht ihren nach Schlaf riechenden Atem; ihre Hand liegt ruhig auf seinem Geschlecht. Es muss gegen vier Uhr morgens sein, denn Nina bringt die Zeitung immer um diese Zeit. Vorsichtig steht er auf und geht zur Toilette; er holt die Zeitung, überfliegt die Schlagzeilen und legt sich wieder zu ihr ins Bett. Er kann nicht mehr einschlafen und sieht im Schein der gedämpften Straßenbeleuchtung die umherwirbelnden Schneeflocken, die wieder verschwinden würden, als hätte es sie nie gegeben. Das Mädchen läuft die Straße hinunter und ist im Schneegestöber bald nicht mehr zu sehen.

Als sie am Abend ins Haus gekommen waren, hatte er Isabell aus dem nassen Mantel geholfen und ihn im Flur auf einen Bügel gehängt. In der Küche hatte sie ihre beschlagene Brille auf den Tisch gelegt und sich die Nase geputzt. Er hatte sich für die Unordnung entschuldigt, während er einen Korkenzieher aus der Schublade geholt hatte. Sie hatten mit einem Glas Wein auf den schönen Abend angestoßen, sich etwas verlegen in die Augen geschaut, ihre Lippen waren sich näher gekommen. Im Schlafzimmer hatte Isabell sich vor ihm ausgezogen. Ihr nackter Körper, so scheint es ihm jetzt, hatte im Schein der kleinen Wandlampe beinahe geleuchtet. Da sie vor Kälte gezittert und eine Gänsehaut bekommen hatte, waren sie schnell unter die Decke gekrochen und hatten sich aneinander gewärmt. Er hatte seinen Kopf an ihren Bauch gelehnt und ihren Nabel geküsst.

Während Herr Vallentin an die vergangene Nacht denkt, wehen draußen immer noch Myriaden Schneeflocken über die Straße; sie bleiben in den Zweigen hängen, bauen hohe Wehen, fallen gegen Fensterglas, bleiben einen Moment kleben und rutschen dann schmelzend hinab. Er muss Isabell immerzu ansehen, wundert sich, sie in der Dunkelheit überhaupt erkennen zu können.

Chinesische Liebesbriefe

Zur Jahreswende 2007/08 musste Sophia ihre Villa verlassen. Bisher hatte die Sparkasse sie dort geduldet, zwischendurch allerdings mehrfach die Zwangsräumung an-
gedroht. Als Nina kam, um ihr beim Umzug ins Altenheim
zu helfen, stand Sophia in der großräumigen Parterre-
wohnung, die sie all die Jahre nicht betreten hatte. Jetzt,
da die Sparkasse das Haus verkauft hatte und sie vom
neuen Besitzer aufgefordert worden war, es für die Reno-
vierung zu räumen, blieb Sophia keine andere Wahl, sie
musste die Wohnung betreten, in der sich all ihre Erinnerungen an Eugen befanden. Dicker Staub lag auf den Die-
lenbrettern, die Leinentücher, die das Mobiliar abdeck-
ten, waren vergilbt. In der Mitte des großräumigen Wohn-
zimmers stapelten sich Kartons, die Eugens Firma vor
Jahrzehnten geschickt hatte. In ihnen befanden sich
Aktenordner mit Geschäftskorrespondenz, Kleidungsstü-
cke, eine Kassette mit emailleartigen Verzierungen, in der
große senffarbene Umschläge, Briefe auf Seidenpapier sowie Fotografien lagen. Sophia hatte ein Bild in der Hand,
das eine schöne junge Chinesin zeigte, die mit einem Baby
durch den Garten eines herrschaftlichen Pagodenhauses
spazierte. Aus den Briefen erfuhr sie, dass Eugen mit dieser Frau in China zusammengelebt hatte, während sie
seine Rückkehr herbeigesehnt hatte. Sie las von seiner
Liebe zu dieser Frau, die auf ihn gewartet und sich nach
ihm verzehrt hatte, wenn er in Deutschland gewesen war.
Eugen hatte ihr liebevoll auf Chinesisch geantwortet, für
immer mit ihr zusammen sein zu wollen, denn jede ein-

zelne Sekunde seines Lebens ohne sie sei eine unerträgliche Qual:

清晨，从浑浑噩噩的梦中醒来，我将手臂伸向你，你却不在。而夜晚，一个美丽而纯真的梦让我误以为，我坐在你身旁，握着你的手想爱抚你，吻你千万遍……但在床上找你，却也不得。

Umsonst strecke ich meine Arme nach Dir aus, morgens, wenn ich von schweren Träumen hier aufdämmere. Vergebens suche ich Dich nachts in meinem Bett, wenn mich ein glücklich unschuldiger Traum getäuscht hat, als säße ich neben Dir und hielte Deine Hand, würde Dich liebkosen und deckte Dich mit tausend Küssen zu …

Sophia kniete verzweifelt auf dem Boden, konnte das nicht begreifen und weinte lautlos, während Albert und Vincentini durch das Treppenhaus polterten und sich gegenseitig anmaulten. Die beiden schleppten schwere Möbelstücke und Bücher aus Sophias Wohnung zur Pritsche. Sie erledigten den Umzug, da sie sonst nur Nina hatte, die ihr half, und sie kein Umzugsunternehmen bezahlen konnte. Einige Möbel durfte sie in ihr neues Zuhause im Altenheim auf der Risahöhe mitnehmen, alles andere wurde für den Sperrmüll vors Haus gestellt. Bei der letzten Fuhre saß Sophia mit im Auto. Sie war sich nicht bewusst, was vor sich ging. Auf der Fahrt redete Albert wieder von seinem Tresor. Er hatte einen weiteren Brief bekommen, in dem stand, die Geldsumme habe sich verdoppelt. «Wenn ich jetzt mein Geld nicht hole, wird ein anderer alles bekommen», sagte er weinerlich. «Wir fahren hin, hier gibt es sowieso nichts mehr für uns zu tun», antwortete Vincentini. «Der lässt mir ja doch keine Ruhe», meinte er augenzwinkernd zu Sophia. Bald nach dem Umzug brachen die beiden tatsächlich auf, um den vermeintlichen Gewinn abzuholen.

Nina besuchte von nun an Sophia, sooft sie konnte. Nachdem sie die Zeitungen ausgetragen hatte, lief sie zur Risahöhe hinauf. Sie ging dann mit Sophia im alten Park, der zum Stift gehörte, spazieren oder saß mit ihr in den ersten Sonnenstrahlen des Frühjahrs vor dem Vogelgehege; sie beobachteten, wie die Pfauen ihr prächtiges Gefieder aufspannten. Nina erzählte Sophia von ihrem Plan, mit einem Faltboot den Atlantik zu überqueren. Sie habe bereits genaue Vorstellungen, wie sie das Klepper-Boot umbauen müsse. Im Prinzip war es das Boot ihres Großvaters; sie würde lediglich den Stauraum für Proviant vergrößern und den Rumpf verstärken, um dem Mast für das größere Treibsegel mehr Halt zu geben. Sie habe vor, auf Flüssen und Kanälen über die Donau zum Schwarzen Meer zu paddeln, an den Küsten der Türkei, Griechenlands, Italiens, Frankreichs und Spaniens entlang die Atlantikküste anzusteuern, zum Kap Finisterre und dann von Punta del Roque auf den Kanarischen Inseln über das Meer zum Cap Haïtien zu fahren. Menge und Zusammensetzung des Proviants habe sie nach den neuesten ernährungsphysiologischen Erkenntnissen berechnet, bald schon werde sie zu dieser Reise aufbrechen. Die Route hatte sie offensichtlich schon bis ins kleinste Detail geplant und ausgearbeitet. Sophia hörte diese Geschichten gerne und erinnerte sich dunkel und voller Wehmut an ihren geliebten Darius. Abends brachte Nina sie in ihr kleines Zimmer im Parterre, in der Nähe der Küche. Man hörte die Stimmen des Personals, Geschirrklappern und laute Radiomusik, worüber Sophia sich die erste Zeit noch beschwert hatte. Aber irgendwann gewöhnte sie sich daran und nahm es kaum noch wahr. Auf ihrer Kommode standen eine Schnabeltasse, Saft- und Mineralwasserflaschen, eine Fotografie Eugens in Anglermontur am Wehr – das Bild gefiel ihr, sie konnte sich jedoch nicht mehr daran erinnern, dass der Angler ihr Mann gewesen war.

Frühjahr 2008: Überschwemmung

Im Frühjahr 2008, zur Zeit der Schneeschmelze und des großen Regenwassers (雨水, Yǔshuǐ), hatte die Staumauer ihre Belastungsgrenze erreicht. Am Überlauf war eine fünfzig Zentimeter breite Öffnung entstanden, die sich im Laufe der Nacht stetig vergrößerte. Das Wasser sickerte zuerst langsam in die Niederungen des Urftlandes ein und ergoss sich am Morgen überraschend über die im Tal vor Kall liegenden kleinen Dörfer. Zuerst standen die Auen, der Tennis- und Sportplatz, die Kirchgasse und die Gemünder Straße unter Wasser. Die Anwohner verließen fluchtartig ihre Häuser. Bald war die Bahnhofstraße überflutet; das Wasser stieg bis zur Stiefelspitze von Antonios Mosaik, sein Heimatdorf war verschwunden. Teppiche von Haaren, die wohl aus Delamots Gewölbe stammten, trieben mit allerlei Hausrat, der aus den Wohnungen gespült worden war, zwischen den Häusern. Nina war an Sophias Bett eingeschlafen. Als sie wach wurde, liefen Altenpfleger und Schwestern aufgeregt über die Flure, schrien, der Staudamm sei gebrochen, Kall stehe unter Wasser, das Heim müsse evakuiert werden. Am Staudamm versuchte man unterdessen mit schwerem Gerät und dem Einsatz von Helikoptern, einen weiteren Dammbruch zu verhindern. Vergeblich, die Mauer brach unter dem enormen Wasserdruck auf einer Länge von fünf Metern ein. Schnell wurde daraus ein riesiges Tor, durch das die Wassermassen ins Urftland strömten. Ninas Fass wurde vom reißenden Strom der Urft aus den Büschen am Ufer gerissen und trieb zusammen mit Hundehütten, Gartenzäunen und ausgerissenen Bäumen den Fluss hinunter. Kall und viele kleine Dörfer des Urftlandes waren bald vollständig überflutet. Die Grauköpfe, die an diesem Morgen wie immer getagt hatten, konnten sich auf das Flachdach des Supermarkts retten; von dort oben hielten sie Ausschau nach ihren Autos, die irgendwo im Schlamm der reißenden Fluten verschwunden waren. Ein Drittel der Häuser des Urftlandes stand unter Wasser, das Land hatte sich in einen riesigen See verwandelt; die Bewohner erreichten ihre Häuser nur noch mit Schlauchbooten.

Als das Wasser nach Wochen zurückgegangen war, blieben Tausende Kubikmeter Müll zurück. Überall lagen Schränke, Türrahmen, Tische, Matratzen, Kisten mit Flaschen, nassen Kleidern, aufgeweichten Fotoalben, Briefen, Unmengen von Zettelchen, Dokumenten und Büchern.

Die in ihre Häuser zurückgekehrten Menschen standen hüfthoch in einer dreckigen Brühe, die noch vorhandenen Einrichtungsgegenstände waren aufgequollen, völlig unbrauchbar und mussten entsorgt werden; Heizöltanks in den Kellern waren ausgelaufen. In einem verwüsteten Wohnzimmer war ein Aquarium unversehrt geblieben. In der Bahnhofstraße luden Bagger Couchgarnituren, Teppiche, Farbeimer, zwei Transportboxen für Katzen, Lebensmittel, Schnapsflaschen und Computerschrott in Container, Unmengen Müll, unter dem sich irgendwo auch Lünebachs Taucheranzug und sein Helm befanden. Manche Häuser blieben monatelang unbewohnbar, hartnäckiger Schimmel breitete sich auf den feuchten Wänden aus. Das Altenheim und einige ebenfalls höher gelegene Ortsteile waren vom Hochwasser größtenteils verschont geblieben.

Die alten Männer würden diesen 21. März 2008, den Tag der Überschwemmung, niemals vergessen. Sie saßen inzwischen wieder an ihrem Stammplatz, tuschelten und machten Stielaugen, wenn jemand, der ihr Interesse weckte, in den Markt kam, und behielten nebenbei ihre neuen Autos im Blick. Die Versicherungen hatten ihnen anstandslos ihre schrottreifen Fahrzeuge ersetzt. Sie fachsimpelten über die modernen Armaturen mit ihren digitalen Instrumenten, den Navigationssystemen, die sie nicht beherrschten, lobten das Design der luxuriösen Innenausstattung, die komfortablen Veloursitze und die integrierten elektrisch verstellbaren Kopfstützen. Qualität und Farbgebung ihrer Modelle sowie deren Lackierung waren stets ein Grund heftiger Debatten. Schuld an ihrem schlimmen Schicksal und am Niedergang Kalls und des Urftlandes hatten einzig und allein Caspary und Molitor, darin waren sie sich einig. Caspary hatte dem verschwundenen Molitor die ganze Schuld in die Schuhe geschoben.

Am Staudamm hatten inzwischen Reparaturarbeiten begonnen. Hin und wieder erschienen mittags Bauarbeiter, die bei Evros logierten. Die Alten fuhren nicht zum Staudamm, da auf dem Weg, der bis zur Dammkrone hinaufführte, noch große Steine lagen und sie um den Lack ihrer neuen Autos fürchteten. Sie informierten sich lieber aus zweiter Hand über Verlauf und Fortschritt der Instandsetzungen und stellten bereits wieder Spekulationen an, was noch in den Gumpen gewesen sein könnte und jetzt, wo der Wasserpegel langsam stiege, auf ewig im See verschwinden würde. Als Nina kam, wechselten sie das Thema, redeten über die arme Sophia, die, wie sie gehört hatten, inzwischen geistig völlig umnachtet war.

Als auf der Risahöhe die vergleichbar geringen Wasserschäden beseitigt und alle Renovierungsarbeiten abgeschlossen waren, kehrte Sophia aus ihrer Notunterkunft in ihr Zimmer zurück. Die Alten lobten Nina, die sich rührend um Sophia kümmerte, und lästerten über Mimie, die ihre Freundin so schmählich im Stich gelassen habe und mit einem dubiosen Verehrer irgendwo in Thüringen verschwunden sei. Da Nina gleich nach ihrer Arbeit zu Sophia ging, sahen die Grauköpfe sie nun seltener. Sie freuten sich, Nina mit Paul zusammen zu wissen. Sie hatten gehört, er studiere in Köln. Bevor Paul montagmorgens mit dem Zug zur Universität fuhr, frühstückte er hin und wieder mit Nina in der Cafeteria, und im Sommer, als der Stausee wieder vollgelaufen war, fuhren die beiden zum Baden dorthin. Paul beobachtete die Vögel, die an den See zurückgekehrt waren, um dort im Schilf zu brüten. Alles sah fast so aus wie früher; am Ufer saßen einige Angler, und auf der Hüpfburg am Badestrand spielten Kinder, deren Mütter sich auf der Wiese sonnten oder unter den schattigen Erlen in ihren Büchern lasen. Einmal fand Nina auf Sophias Nachttisch einen Brief ohne Absender; Raimund bat seine Mutter darin um Verzeihung, schrieb, er habe geheiratet, seine Frau und er erwarteten ein Mädchen, es gehe ihnen dort, wo sie nun lebten, gut und sie solle sich keine Sorgen um ihn machen und niemandem etwas von seinem Brief erzählen.

Aber Sophia verstand noch nicht einmal, wer dieser Raimund war, der ihr geschrieben hatte.

2010/2014: Abschied

Im Winter 2010 tauchten Vincentini und Albert plötzlich wieder auf, saßen wie früher bei Evros an der Theke und hörten Zehner zu, der von einer Flutkatastrophe biblischen Ausmaßes berichtete, einer Katastrophe, die er hatte kommen sehen. Paul studierte mit großem Enthusiasmus Biologie. Er wohnte zu diesem Zeitpunkt bereits in Köln und besuchte Nina nur noch hin und wieder.

Nach sechs Semestern, im Sommer 2012, schrieb Paul seine Bachelorarbeit. Sie beschäftigte sich mit der Lautkommunikation von Kolibris, die im Regenwald Brasiliens leben. Er plante nach seiner Arbeit eine erste Forschungsreise dorthin, um die Gesänge der Vögel vor Ort weiter zu studieren.

Wenn Nina und Paul gemeinsam Sophia auf der Risahöhe besuchten, saß Paul meist auf der Bank vor dem Pfauengehege, las und bereitete sich auf seine Prüfungen vor. Nina schob Sophia mit dem Rollstuhl durch den schattigen Park und dachte an ihre Reise mit dem Faltboot. Wenn Sophia nicht mehr lebte, würde sie aufbrechen.

Danksagung

Als ich mit dem Schreiben dieses Buches begonnen habe, hatte ich vor, von Menschen in einem Supermarktcafé zu erzählen, ich wollte kleine Geschichten schreiben, die wie Träume sind und die man nach dem Aufwachen vergessen hat. Deswegen hat mich Ninas seltsame Krankheit fasziniert; sie kann schreiben, aber nicht lesen, was sie in ihre Hefte gekritzelt hat. Alles, was Nina aufgeschrieben hat, ist nachher weggeweht. Vielleicht kann man sagen, dass unser Leben auch nur ein Reigen aus unendlich vielen vergessenen Geschichten ist. Leider bedarf es zum Schreiben eines Romans noch etwas mehr, als Wahrnehmungen zu notieren und sie wieder zu vergessen. Was mich betrifft, sind es, außer der Verrücktheit, mich an so ein Projekt zu wagen und durchzuhalten, vor allem Menschen, die mich auf die eine oder andere Weise unterstützt haben. Ich danke daher meiner geliebten Frau Elvira, unserem Sohn Erasmus und unserer Tochter Philomena, aber auch allen Bekannten und Freunden: Monika Alt, Nina Benkert, Benjamin Brückner, Melanie David, Dagmar Fretter, Maximilian Häusler, Wolfgang Kubin, Dietrich Schubert, Martina Schulten, Gregor Seferens, Andreas Erb, Arno E. Chun und meinem Lektor Martin Hielscher, dem Schriftsteller Manfred Lang danke ich für die Übersetzungen ins Ripuarische, Liangliang Zhu für die Übersetzung der chinesischen Texte, der Kunststiftung NRW für die finanzielle Unterstützung. Den alten Männern in der Cafeteria, zu denen ich mich inzwischen selbst zähle, danke ich für ihre Gesellschaft. Ich hoffe, sie trinken zukünftig noch Kaffee mit mir und verheimlichen mir ihre tiefgründigen Geschichten nicht für alle Zeit.

Keldenich, den 15.5.2017

Literaturverzeichnis

Bombard, Alain: Im Schlauchboot über den Atlantik. Übersetzt v. Hubert Foerster. München 1953.

Bonaventura: Nachtwachen. Stuttgart 1986.

Brinker, Helmut: Die chinesische Kunst. München 2009.

Büth, Hubert: Kall im Spiegel der Geschichte. Selbstverlag. 2014.

Cela, Camilo José: Der Bienenkorb. Roman. München 2001.

Drolshagen, Ebba: Immer noch kein Land in Sicht. Tollkühne Helden auf See. München 2012.

Durant, Will: Kulturgeschichte der Menschheit II. Das klassische Griechenland. Frankfurt am Main 1981.

Erdmann, Wilfried: Allein gegen den Wind. Nonstop in 343 Tagen um die Welt. Bielefeld 2013.

Ess, Hans van: Geschichte der chinesischen Philosophie. Konfuzianismus, Daoismus, Buddhismus. München 2009.

Forrester, Viviane: Der Terror der Ökonomie. Wien 1999.

Gernet, Jacques: Die chinesische Welt. Die Geschichte Chinas von den Anfängen bis zur Jetztzeit. Übersetzt v. Regine Kappeler. Frankfurt am Main 1988.

Goethe, Johann Wolfgang: Die Leiden des jungen Werthers. Studienausgabe. Paralleldruck der Fassungen von 1774 und 1787. Stuttgart 1999.

Granet, Marcel: Das chinesische Denken. Inhalt – Form – Charakter. Übersetzt v. Manfred Porkert. Frankfurt am Main 1985.

Hebel, Johann Peter: Kalendergeschichten. Auswahl und Nachwort v. Ernst Bloch. Mit Illustrationen v. Ludwig Richter. Frankfurt am Main 1974.

Heisenberg, Werner: Physik und Philosophie. Stuttgart 2011.

Heisenberg, Werner: Der Teil und das Ganze. Gespräche im Umkreis der Atomphysik. München 2001.

Heyerdahl, Thor: Kon-Tiki. Ein Floß treibt über den Pazifik. Berlin 2013.

Kalinke, Viktor: Studien zu Laozi, Daodejing. Eine Erkundung seines Deutungsspektrums. Bd. 2. Anmerkungen und Kommentare. Leipzig 2000.

Klein, Heinz: Briefe zum Tao Te King. Freital OT Kleinnaundorf 2005.

Konfuzius: Schul- und Hausgespräche. Ausgewählt, übersetzt u. kommentiert v. Wolfgang Kubin. Freiburg im Breisgau 2016.

Lang, Manfred: Platt öss prima! Hillesheim 2008.

Lao-tse: Tao-Tê-King. Das heilige Buch vom Weg und von der Tugend. Übersetzt v. Günther Debon. Stuttgart 1997.

Lao Zi (Laotse): Der Urtext. Hg. u. übersetzt v. Wolfgang Kubin. Freiburg im Breisgau 2011.

Lindemann, Hannes: Allein über den Ozean. Ein Arzt in Einbaum und Faltboot. Bielefeld 2000.

Max Planck Forschung: Das Wissenschaftsmagazin der Max-Planck-Gesellschaft 4 (2012) und 2 (2016).

Moitessier, Bernard: Der verschenkte Sieg. Bielefeld 2016.

Outen, Sarah: Allein im Ozean. Wie ich mit dem Ruderboot den unberechenbaren Indischen Ozean durchquerte. Feldafing 2011.

Schmidt-Glinzer, Helwig: Kleine Geschichte Chinas. München 2008.

Sittig, Hans Jürgen: Die eindrucksvolle Geschichte der Eifel. Rheinbach 2013.

Thomas, Dylan: Unter dem Milchwald. Ein Spiel für Stimmen. Übersetzt v. Erich Fried u. mit einem Nachwort versehen v. Hans Bender. Stuttgart 1998.

Vergil: Georgica/Vom Landbau. Lateinisch/Deutsch. Hg., übertragen, eingeleitet u. erläutert v. Heinrich Naumann. München 1970.